행복은 곳곳에 …

행복은 곳곳에

보리 김은주 그림에세이

본래 아무것도 아닌 것에서

모든 것이 시작된다.

석가모니불

머리말

"타닥타닥…"

컴퓨터의 자판을 두드립니다.

메일을 보내기 위해 블로그에 일상적인 글을 쓰기 위해….

"토도독 토독"

핸드폰 검색창에 엄지손가락으로 때론 검지를 이용해 검색을 합니다.

맛집을 알아보기 위해 옷과 신발을 사기 위해….

지금은 '행복은 곳곳에'라는 에세이 글을 씁니다.

"타다닥… 타다닥… 타다닥…" 얼마 전 구입한 하얀색과 회색이 조화를 이룬 자판은 누를 때마다 부담 없는 소리가 나서 마음에 드는군요.

그림은 수묵화부터 추상화, 캐릭터 동물그림, 꽃, 풍경화 등 작업실에서 그렸던 그림을 다양하게 담았기에 저의 포트폴리오 성격을 지닌 책이라고도 할 수 있습니다.

글은 내가 무엇을 먹고 어떤 생각을 했는지에 대한 지극히 평범한 일상에 관한 이야기입니다.

별것 아닌데도 나의 그림을 세상에서 가장 잘 그린 그림이라고 무조건 지지를 해주는 엄마 박영희 우바이, 힘든 여건 속에서도 미술교육을 받을 수 있도록 최선을 다해주신 아버지 김학만 우바새, 인생을 함께하는 든든한 동반자이자 이 책을 편집한 남편 최해룡 도반에게 변함없는 사랑을 보냅니다.

2023년 보리 김은주 합장

차례

둘 – 인생

셋 – 일상

넷 – 인연

발원문

새해 복 많이 받으셨나요?

올해(2023)는 토끼의 해.

토끼 그림 옆에 '새해 복 많이 받으세요.'라는 글을 써서 안부인사용으로 하나 만들었다.

"자~ 이제 안부 카톡을 누구에게 보낼까?"

카톡에 사람들 이름을 쭉 살펴보니 대략 두 분류의 그룹으로 나누어진다.

첫 번째는 망설임 없이 단박에 안부 카톡을 보내도 어색함이 없는 사람, 두 번째는 얼굴은 알고 있으나 별로 개인적으로 교류가 없었던 사람으로 카톡을 보낼까 말까 잠시 망설여지는 사람들이다. 편하게 자주 카톡하는 사람이래야 서너 명 뿐이라 이들에게 얼른 보내고 한두 명은 보낼까 말까 잠시 생각하다가 보냈다.

"올해 토끼의 해, 마음먹은 대로 모든 일 다 잘되시고 건강하시길 바랍니다."

생일에 빠지면 섭섭한 잡채

오늘은 아침 일찍부터 바빴다.

남편 생일이라 국도 끓이고, 생선도 한 마리 굽고, 나물반찬도 하고 손이 많이 간다는 잡채도 만들었다. 음식 만드는 솜씨는 별론데 자꾸 만들다 보니 확실히 조금씩 늘고는 있다.

남편은 반찬투정이란 건 없다. 국이 짜면 물 부어 먹고 반찬이 싱거우면 짠 김치랑 조합해서 먹으면 문제없다는 식이다.

내가 좋아하는 투썸에서 사온 진정한 초코케익에 촌스럽게 생일축하 노래도 불렀다. 케익에 꽂은 초는 세 개. 우리는 무조건 불법승(佛法僧) 세 개에 의미를 담는다. 나이가 점점 많아지면서 초의 개수가 늘어나는 부담도 없애고 나름대로 신심(信心)이라는 명목 하에 세 개면 족하다고 생각한다.

"생일 축하합니다. 건강하게 잘 살아봅시다요~"

일, 자유롭게 합니다

그림 그리는 일은 장단점이 있는데 그중에서도 최고의 장점은 바로 '자유롭다'는 것이다. 오전에 그림을 끝낼지 다른 일을 좀 하고 게으름을 피우다가 오후에 그림을 끝낼지 내가 알아서 하면 된다.

그림의 시작부터 마무리까지 모두 혼자 결정한다. 의뢰가 들어온 그림을 그릴 때는 그쪽에서 요구하는 스타일에 따라 의견을 조율할 필요가 있지만 개인적인 그림을 그릴 때는 그냥 혼자 자유롭게 진행한다.

먹물이 묻어도 상관없는 후줄근한 옷을 입고 좋아하는 노래나 관음정근 또는 금강경독송을 틀어놓기도 한다. 너무 오래 앉아 있었다 싶으면 일어나서 스트레칭도 하고 차도 마시고 간식도 우걱우걱 먹는다.

하루종일 입을 꾹 닫고서 그림을 그리는 일은 침묵속에 자유가 있어서 마음에 든다.

borisim

가다보니 '남원'입니다

목적지 없이 출발했는데 발길 닿는데로 가다보니 지리산을 넘어 남원까지 와버렸다. 남원 농협에서 춘향이 동동주를 한 병 사고 깻잎도 사고 남원의 도시 곳곳을 구경하다가 집으로 다시 돌아왔다.

우리는 이렇게 종종 목적지 없이 출발하는 여행을 즐긴다. 일단 집을 나와 어딘가로 달린다는 것에 만족하는 셈이다.

저녁은 남원에서 사온 깨순으로 양념장을 잘 버무려 큰 냄비에 쪄서 밥에 얹어 먹었다.

"음~~ 맛있네~"

옴 아모카 바이로
차나 마하무드라
마니 파드마 즈바라
프라바르타야 훔

비가 와서

비 오는 날, 파전을 만들었다. 집에 해물이 없어서 파와 양파만 송송 썰어 계란 두 개 풀고 밀가루 섞어 파전을 구웠다.

음식을 만들면 양 조절을 잘 못하는 편인데 이번 파전도 많이 만들어졌다. 금방 구운 따끈한 파전을 짭조름한 양념간장에 찍어 먹었는데 남은 파전은 소분해서 통에 담아두었다.

당분간 파전이 계속 밥상에 오를 예정이다.

boriㄱㅈ

어쨌든, 또 여름

마트에 수박이 나왔다. 여기저기 수박이 많이 보이는 건 무시무시한 여름이 코앞에 왔다는 말이다.

자다말고 일어나 웽웽거리는 모기와 한판 결투를 해야 하며 도저히 에어컨이 아니면 물리칠 수 없는 열대야와 얼굴 한 번 보여준 적 없으면서 숨어서 울어대는 매미, 맛은 있지만 한 그릇에 만원이 훌쩍 넘어버린 부담스런 가격의 팥빙수, 끈적거려서 바르고 싶지 않지만 자외선으로부터 내 피부를 지켜야 한다는 의무감으로 바르는 썬크림, 겨울 동안 두꺼운 옷으로 감추어두었던 나의 뱃살이 얇은 옷에 드러날까 염려스러운 계절이 바로 '여름'이다.

포기하면 어때서

그림을 그리다 보면 마음에 들게 그려질 때도 있고 공들여 그렸는데 도통 마음에 들지 않을 때도 있다. 개인적인 그림이라면 까짓것 연습했다 치고 화선지를 구겨서 파지로 쓰면 그만이지만 의뢰받은 그림에 금액까지 미리 받은 상황이라면 아무래도 부담이 된다.

평소에는 잘 하다가 자리를 깔아주면 못하는 사람이 있다더니 '그게 바로 나구나' 싶어 한심한 생각이 들기도 한다.

얼마전 그림 의뢰를 받았는데 세 번이나 다시 그려야 했다. 당연한 결과다 싶었다. 나조차도 그림이 마음에 들지 않았으니까.

실력도 없는데 괜히 덥석 하겠다고 했나 싶었다. 정해진 날짜에 맞추어야 해서 밤을 새워 그렸는데 다행히 네 번째는 통과가 되었다.

그 후 나는 "내가 제일 즐겁게 할 수 있는 그림 그리는 일이 왜 의뢰만 받으면 스트레스로 느껴지는 걸까?"를 곰곰이 생각해 보게 되었다. 그리고 나름대로 답을 찾았다.

우선 최선을 다했지만 형편없고 조잡한 그림을 그릴 수도 있는 사람이 바로 '나'라는 것을 인정하기로 했다. 그리고 나의 노력이 많이 들어갔다고 해서 모든 것이 'OK' 되라는 법은 없다는 것도 받아들이기로 했다. 노력과 성과는 반드시 비례하지 않으니까.

원한다면 열 번이고 스무 번이고 다시 그릴 자세는 가지되 상대방이 결국 'NO'를 하더라도 '그럴 수도 있지'라고 생각하기로 했다.

들어간 시간과 노력이 얼마인가를 따지며 계산에 얽매이는 것보다 하다하다 안되면 포기할 줄 아는 것도 인간적이라고 생각한다.

'우울한 포기'로 자신을 비난하고 자책하는 것보다는 '즐거운 포기'로 자신을 격려하고 사랑하는게 더 중요하다. 그랬더니 그다음부터는 그림 의뢰를 받아도 가벼운 마음으로 즐기면서 일을 진행할 수 있게 되었다.

하다가 안되면 포기하는 것도 인간적인 모습의 한 부분이다.

borilsu

좋은 인연이군요

얼마전 화선지를 사러 갔다가 충동구매로 비싼값에 붓을 몇자루 샀다. 직접 사용해보지 않고 겉으로 보기만 해서는 좋은 붓인지 가늠할 수가 없어 가격을 달라는 대로 주고 샀다.

일단 붓대의 겉모양이 번지르르하고 필방주인의 화려한 입담에 나는 홀린 듯 지갑에서 카드를 꺼내 빛의 속도로 결제를 감행했다.

집에 돌아와 새하얀 붓을 수돗물에 살살 불려서 헹궈내고 벼루에 담긴 까만 먹물에 살포시 담가서 새하얗던 붓에 까만 먹물을 입혔다.

쓱싹쓱싹, 신나게 나무도 그리고 산도 그렸다. 신기하게도 붓이 먹물을 가득 머금고 있다가 느닷없이 토해내는게 아니라, 먹물을 조금씩 조금씩 토해내니까 자주 먹을 찍지 않아도 되었다. 바위나 돌, 마른풀을 그리기에 더없이 적당했다.

우연히 만난 붓인데 이렇게나 만족스럽다니! 우연 속에 좋은 인연이 들어 있었다. 인생은 어떤 초콜릿 속에 더 달콤한 꿀이 들어있을지 아무도 모른다.

오늘은 발길 닿는 대로, 전북 정읍

전북 정읍에 도착했다. 정읍은 처음 와 봤는데 '정읍'이라는 단어가 참 마음에 든다. 역시 오늘도 목적지 없이 출발했고 달려가다 보니 도착한 곳이 정읍이었다.

우리가 제일 먼저 하는 일은 그곳 농협에 들러 로컬푸드를 구경하는 일이다. 우리는 유명 관광지는 잘 가지 않는다. 근처 제일 가까운 농협에 갔다가 그 동네를 구경하는 것으로 여행은 완성된다.

정읍에서 사온 물건들은 부안막걸리, 정읍 무말랭이, 정읍 토마토, 정읍 고구마다.

"Good~!!"

부처님 오신날

도심 곳곳 나무와 나무 사이에 매달아 놓은 예쁜 연등이 보인다. '아, 부처님 오신날이 다가오는구나.'하고 달력을 보니 토요일이 부처님 오신날이다. 주말에 일을 하는 나로서는 토요일이 법정공휴일로 쉴 수 있다는 것에 기쁨이 두 배였다.

올해는 감사하게도 부처님이 토요일에 오셨다. (웃음) 부처님 오신날을 맞아 대웅전 내부에 걸리는 아주 커다란 연등을 그림으로 그려서 SNS(인스타그램)에 올리고 '그림을 퍼가셔도 좋습니다.'라고 해시태그를 달았더니 많은 사람들이 퍼갔다.

"그림처럼 마음속 연등 일년 내내 밝게 빛나시길 바랍니다~ 아미타불."

그저 그런 것들을 그립니다요

눈을 뜨자마자 잠이 덜깬채 핸드폰을 집어 든다. 각종 포털사이트에 들어가 날씨, 랜덤으로 접하게 되는 뉴스로 순례를 마치고 나면 일어나서 간단한 스트레칭을 한다.

'뿌드득!' 갈수록 몸이 찌뿌등하다. 아마도 이게 나이를 먹는 과정이구나 싶은 생각이 든다. 굳어있던 팔, 다리관절을 간단히 풀고 일어난다.

'터덜터덜…' 개운하지 않은 발걸음으로 화장실에 가서 거울을 보니 저녁에 먹은 라면 때문인지 얼굴이 퉁퉁 부었다. 된장국에 밥 먹고 잘걸 괜히 먹었구나 후회를 하지만 말해 뭐해, 쓸데없는 후회일 뿐이다. 며칠만 지나면 또 라면의 유혹을 뿌리치지 못할 거면서도 다음부터는 먹지 말아야지 라고 근거 없는 다짐을 하고 작업실로 와서 컴퓨터를 키고 음악을 하나 틀어 놓는다.

작업실이라고 해봤자 콧구멍만한 방에 커다란 탁자와 그림을 종류별로 분류해 놓은 상자들, 스피커, 커다란 의자, 연필꽂이, 붓, 쓰레기통, 마땅한 자리가 없어 벽에 새워둔 100호 화판이 전부다. 벽에는 실상사에서 사온 보물 제41호 실상사 철조여래좌상 포스터와 분황사 탑 사진, 정선의 인왕제색도, 소산 박대성의 그림포스터를 붙여놓았다.

블로그에 들어가 간단하게 몇자 쓰고 나면 비로소 배가 고파진다. 냉장고에서 엊그제 야심차게 끓여두었던 두부된장국을 꺼내 데우고, 제대로 익기 시작한 김치와 빠지면 섭섭한 계란프라이도 곁들여서 밥을 먹는다. 그러고 나면 점심때까지 하루종일 작업실에서 이것저것 그린다. 대단한걸 그리는 것도 아니다. 그저 그런 것들을 그린다.

불현듯 저절로 머릿속에 구상이 되어서 그리는 것도 있고, 억지로 머리를 쥐어짜서 그리는 그림도 있다. 대중없다. 그리다가 지루하면 인터넷으로 넋놓고 먹방도 보고, 사고 싶은 물건을 폭풍검색 하기도 한다.

저녁쯤에는 재료를 정리하고 형편없는 그림은 사진으로 찍어두고 괜찮겠다 싶은 그림은 화판에 걸어둔다.

그저 그런 그림들을 내가 '즐기며 그렸다'는 것에 만족하며 하루를 마무리한다. 자신이 진정으로 즐길 수 있는 일속에서 시간을 보내는 일은 물질적인 것으로는 얻을 수 없는 특별한 행복이다. 해야만 하는 일과 하고 싶은 일이 일치한다는 점에서 만족한다.

bori

정말 가고 싶었던 곳, 내소사

드디어 전북 내소사를 다녀왔다. 내소사를 둘러싸고 있는 산은 정말 기가막히게 멋있었다. 한참을 올려다봐도 눈을 뗄 수 없을 정도였다.

내소사 대웅보전 현판 글씨에서도 멋이 철철 흘러나왔다. 대웅전은 내부 공사중이었는데 다행히 들어갈 수는 있었다. 부처님전에 쌀을 올리고 삼배의 절을 하고 대웅전에 앉아 땀을 식혔다.

내소사 대웅전 나무 조각장식은 섬세하고 정교하고 아름답고 멋지고 고고하고 수려하고 훌륭하고 좋은 말들 다 갖다 붙여도 손색이 없는 그런 조각이었다.

이렇게 아름다울 수가!!! (느낌표를 열 개쯤 찍으려다가 진정했다.)

내소사는 늘 인터넷 검색으로만 만났었는데 실제로 가보니 발길이 떨어지지 않았다.

불교용품점에 들러 염주와 머플러를 하나 사고 내소사의 공기를 마시며 걸어 나왔는데 거리만 가까우면 한달에 한번쯤은 꼬박꼬박 가고 싶은 사찰이었다. 나는 절에만 가면 거기서 아예 눌러앉아 살고 싶은 생각이 일어난다.

아마도 나는 전생에 절하고 인연이 많은 사람이었던게 틀림없다.

9년 만에 만남 - 첫째 날

9년 만에 예전에 같이 공부했던 친구 U를 만났다. 그동안 전화통화는 했었지만 서로 사는게 바빠 만나지는 못했다. 벚꽃이 피었을 때 만나자던 약속은 9년 만에 이루어져 내가 사는 곳으로 친구가 왔다. 2박 3일 일정이었는데 맛집을 알아보고 여기저기 둘러볼 일정을 미리 계획했다.

친구가 오기로 한 날, 공항으로 마중을 나갔는데 한참 기다리니 친구가 모습을 드러냈다. 얼핏 보면 예전 모습 그대로인 듯 보였지만 자세히 보니 우리는 얼굴에서 나이든 테가 났다. '그래, 당연하지~ 9년이나 흘렀는데…'

9년 만에 만났지만 어색하지 않게 만나자마자 웃고 떠들어대면서 이야기를 했다. 한참을 못봐도 엊그제 만났었던 것처럼 쉽게 마음이 열리고 자질구레한 것까지 이야기를 나누었는데 바로 이런게 오래된 친구에서만 느낄 수 있는 특별한 감정이구나 싶었다.

만나서 제일 먼저 우리가 향한 곳은 내가 2년 넘게 일했던 천년고찰 김해 은하사였다. 은하사를 꼭 보여주고 싶었다.

대웅전을 감싸고 있는 신어산과 오래된 나무를 보며 “우와~ 너무 멋진 곳인데!”라며 친구는 연신 감탄을 했다. 우리는 대웅전에 앉아 낡고 오래된 천장을 올려다보며 여유를 누렸는데 마침 적당한 바람마저 불어와주어서 절에서 느끼는 운치가 더 좋았다고나 할까.

아무튼, 우리는 이렇게 은하사를 둘러보고 내가 사는 곳 김해 장유에 와서 친구가 좋아하는 돼지갈비를 안주 삼아 나는 맥주를 마시고 친구는 소주를 마셨다. ‘음~ 맥주 한 모금에 적당히 달달한 맛의 돼지갈비 안주라니…’

그리고 내 앞에는 이미 지나간 나의 20대의 모습을 알고 있는 오래된 친구가 있다. 이보다 더 좋을 순 없었다. 아, 그리고 마지막 메뉴로 시킨 해물맛이 잘 어우러진 얼큰한 된장찌개도 그날 좋았던 것에서 빼놓을 순 없다.

9년 만에 만남 - 둘째 날

나는 친구에게 말했다.

"아파트 근처에 냇물이 흐르고 운동하기 좋은 길도 조성되어 있는데 이게 다가 아니야. 불과 버스정류장과 10분 거리에 오리와 백로가 날아다니는데 믿어지나?"

동물, 특히 조류를 별로 좋아하지 않는 친구이지만, 내 말에 "정말?"이라며 관심을 보였다.

봄이면 벚꽃을 질릴 만큼 아쉽지 않게 즐길 수 있는 율하천 카페거리를 친구에게 꼭 보여주고 싶었는데 그럴 기회가 드디어 온 것이다.

우리는 분홍색으로 뒤덮인 벚꽃길 속에서 천천히 걸었다. 벚꽃잎이 때때로 한 무더기씩 와르르 쏟아 내리기도 했고 내가 그토록 보여주고 싶었던 오리도 때마침 등장해 주었다.

"저것 봐 오리~ 그것도 여러 마리야~"

"아, 그러네~ 우와~"

"내가 이런 청정지역에서 산다~ 나, 부산에서 살 때는 정말 상상도 하지 못할 장면이지~ 오리에 백로가 웬말이야~ 심지어 율하천 물속에 작은 물고기들도 살고 있어~ 너무 평화롭고 아름답지~"

"응~ 좋으네 좋아~"

우리는 한참동안 오리를 감상하고 북카페에 앉아 해가 어둑어둑해질 때까지 이야기에 이야기를 이어갔다. 어찌나 할 말이 많던지.

저녁때가 되니 4월초쯤이라 조금씩 불어오는 바람이 차갑게 느껴지기도 했지만 서로 밀린 이야기가 하도 많아 시간 가는게 아까울 지경이었다.

9년 만에 만남 – 셋째 날

2박 3일의 일정이 채워지고 친구가 서울로 돌아가는 날.

“김해에 김수로왕릉이 있거든, 가볼래? 지금 출발하면 시간은 넉넉할 것 같은데”

“앗! 그래? 나 김해김씨잖아~ 꼭 가보고 싶은걸!”

“너, 김해김씨였냐? 그건 몰랐네, ㅋㅋ 그래 지금 출발하자~”

그렇게 도착한 김수로왕릉.

출입문을 지나 평평한 길을 조금 걸어 들어가니 크고 웅장하면서도 곡선이 완만한 아름다운 왕릉이 눈에 들어왔다. 양 옆으로는 오래된 소나무가 울창한데 왕릉은 밝은 연두빛이었다. 그곳에는 우리 외에도 왕릉을 보러 온 사람들이 여럿 있었다.

친구 U는 두 손을 앞으로 모으고 사뭇 경건하게 왕릉을 잠시 바라보는 것 같았다. 그러더니 갑자기 가방을 땅에 털썩 놓았다.

이때 내가 친구를 보며 말했다.

“너 설마 여기서… 절을 하려고??”

“당연하지~!!”

장난끼 없는 목소리였다.

그러더니 절을 하며 이렇게 중얼거렸다.

“이제야 왔습니다…. 인사가 늦었습니다.”라고 당당하고 단호한 목소리로 말하며 두 번 절을 하는 것이 아닌가.

관람객들은 왕릉이 아닌 친구의 절하는 모습을 흘끔거리며 쳐다보았다. 나는 속으로 뭔지 모르게 살짝 우습다는 생각이 들면서 ‘생뚱맞게 여기서 절이라니.’라는 생각이 들었다가 또 한편으로는 이런 흙바닥에서 저렇게 주변시선 따위는 신경 쓰지 않고 절을 하는 친구가 순수해 보인다고 생각했다.

“너 아까 절할 때 난 살짝 창피해서 일행이 아닌척하고 하고 있었거든. 난 니가 거기서 절을 할 줄 꿈에도 몰랐다.ㅋㅋ”

“김해김씨인데, 김수로왕릉에 절을 하는 건 당연한 거지.”

친구는 진지했고 나는 그 상황이 만화 같다고 생각하며 웃었다.

9년 만에 만남 – 헤어짐은 짧게

수로왕릉을 둘러보고 서둘러 도착한 공항에서 친구는 내게 포장된 작은 책을 한권 내밀며 나중에 읽어보라고 했다.

"잘 가고~ 또 보자."라며 서로 두 팔로 감싸 안았는데 작은 슬픔 같은 걸 느꼈다. 짧은 순간 울컥했지만 여기서 우는 건 아닌 것 같아 참았다.

"다음엔 내가 서울에 갈게."라고 말은 했지만 살다 보면 '다음'이란 사실 언제가 될지 모르는 기약 없는 형식적인 인사치레에 불과한 말로 끝날 수도 있다는 걸 나는 알고 있다. 어찌 되었든 간에 나는 친구의 모습이 보이지 않을 때까지 서있었다.

집으로 돌아오는 차 안에서 친구가 주고 간 책을 스르륵 넘겼더니 봉투가 하나 들어있었다. 열어보니 제법 큰돈이 들어있었다. 나는 당장 전화를 걸었다.

"야~! 이거 뭐꼬! 돈이 너무 많잖아~!"

"아니야~ 잘 놀고, 잘 있다가 가니까…"

"아까 너하고 헤어질 때는 조금 슬펐는데 돈봉투 보니까 아까보다 훨씬 더 많이 슬프닷…"

"아니야 아니야~ 그러지마~"

서로 웃음 반 콧물 반으로 통화를 하다가 끊었는데 2박 3일 동안 내가 어찌나 장유가 살기 좋은 곳이라고 자랑을 해놨던지 친구는 경남에서 장유가 제일 살기 좋은 곳, 자연친화적인 곳, 맛집이 많은 곳으로 알고 갔다. 다른 사람들이 믿거나 말거나.

가을풍경도 예쁘다며 가을에도 오라고 하긴 했는데 서로 사는게 바쁘니 언제다시 장유에서 만나게 될지는 아직 아무도 모른다.

올 가을쯤에는 내가 서울에 올라가야겠다고 마음은 먹고 있는데 계획대로 안되는게 인생이니까 확신할 수는 없다.

bori

배불러서요

더워서, 추워서, 배불러서, 허기져서, 오늘은 좀 컨디션이 나쁘니까, 시간이 없어서, 시간이 많으면 빈둥거리고 싶어서, 그저 어떤 이유를 대서라도 피하고 싶은 것. 하고나면 여러모로 장점이 많다는 걸 알고 있으면서도 한결같이 하기 싫은 것. 나는 그것을 '운동'이라 부른다.

어느 일본작가의 《어느새 운동할 나이가 되었어요》라는 책 제목처럼 나도 이제 적극적으로 운동할 나이가 되긴 했는데 말이다.

운동을 하고나면 하루 중 가장 중요한 숙제를 끝낸 것처럼 기세등등한 자신감이 생기긴 한다.

대자대비구고구난관세음보살관세음보
살관세음보살관세음보살관세음보살
관세음보살관세음보살관세음보살관
세음보살관세음보살관세음보살

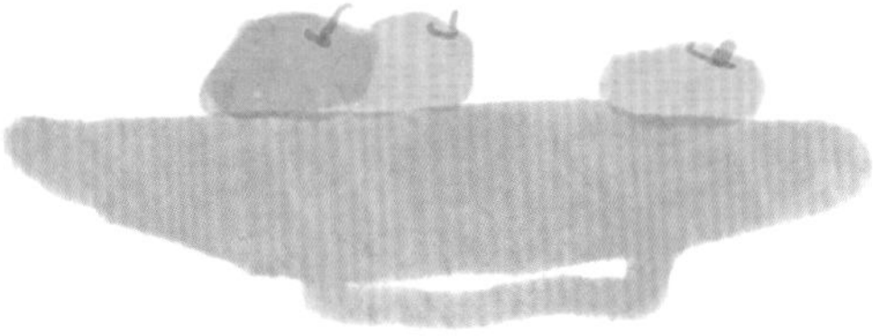

bori 김은주

정년퇴임 같은 건 없습니다만

그림 그리는 일에 정년이 있다면 아마도 건강이 허락하는 날까지일 것이다.

어떤 화가는 시력이 나빠져서 더 이상 세밀한 그림을 그릴 수 없게 되었을 때 물감대신 색종이를 오려 붙여 작품을 만들었다.

이렇게 화가는 본인이 원한다면 신체적인 제약을 받지 않을 때까지 작업을 해나갈 수 있다. 건강이 주어지는 날까지 창작을 할 수 있다는 것은 다른 직업에 비해 대단히 매력적인 일이다.

여보… 세요?

처음 호칭은 '오빠'로 시작했다. 결혼하고 나서도 줄곧 남편을 오빠라고 불렀다. 그러다 한해, 두해가 지나가면서 우리도 나이라는 걸 먹기 시작했는데 집안에서는 문제될게 없었지만 마트나 밖에서 오빠로 부르는 호칭이 좀 낯뜨겁게 느껴지기 시작했다. 그래서 오글거리고 낯간지러운 말 '여…보'로 바꾸어 불러보자 싶었는데 처음에 어설프게 여보라는 단어를 입에 올릴 때는 닭살까지 돋았었다.

아무튼, 그렇게 세상 쑥스러운 단어 '여보'를 의도적으로 열심히 입에 붙이고자 했더니 요즘은 그 단어가 제법 자연스럽게 흘러나온다.

그러나 남편은 아직까지 적응을 못해서 나를 이렇게 부른다. "여보… 세요?"라고. (헐~ ^^;)

부부싸움은 지극히 정상입니다

"여보~ 우리가 같이 산지 벌써 9년이야~ 9년~!"

"아, 그래"

"시간, 진짜 빠르다!"

그동안 웃는날이 많았나 우는날이 많았나 생각해 보니 그래도 웃는날이 많았다. 9년 동안 투닥거리고 서로 맞춰가야 하는 부분도 있었다.

남자와 여자는 서로 생각하는게 많이 다르다. 게다가 서로 다른 환경에서 자랐기 때문에 다른 것 투성이다. 그래서 부부는 당연히 싸우고 산다.

그런데 문제는 싸우는 것이 아니라, 싸운 뒤 어떻게 빨리 화해하느냐가 중요하다. 한집에 살면서 서로 못 본 척하며 싸늘한 감정을 이어가면 감정의 골만 깊어진다.

같은 실수를 반복하고 스스로 변하겠다고 다짐하지만 쉽게 변하지 않는게 사람이다.

부부싸움은 서로 맞춰가려는 일련의 노력이라는 관점에서 본다면 긍정적인 부분도 있다. 부부싸움으로 미워하는 마음이 생겼다가도 언제 그랬냐는 듯 측은한 생각이 드는 것도 사랑의 한 부분이다.

부부는 부부싸움을 하는게 지극히 정상이다. 나는 부부싸움도 사랑의 한 부분이라는 것을 확신한다.

bori

프리랜서란 말입니다요

멋진 수트를 입고 커다랗고 멋스런 가죽가방을 어깨에 메고 창이 넓은 우아한 카페에서 노트북을 열어놓고 커피를 마시며 일하는 프리랜서도 있겠지만, 슬리퍼를 신고 편의점으로 향해 사발면과 삼각김밥을 먹는 프리랜서도 있다.

프리랜서란 무한히 자유로운 시간을 누릴 수 있지만 들쭉날쭉한 수입으로 인한 무한한 경제적 부담감을 동시에 감수해야 한다. 예술이라는 일에 발을 담갔다면 지금 당장 무엇인가가 손에 쥐어지길 기대해서는 불행해진다. 어떤 빠른 성과와 합리적인 이익을 원한다면 다른 일을 찾는게 옳다.

산에 나무의 씨앗을 뿌려 나무가 성장하길 바라는 느긋한 자세가 필요하다. 시간적인 자유와 경제적인 제약을 여유롭게 바라볼 수 있는 자세라면 평온하게 예술이라는 종목에 종사하며 늙어갈 수 있다.

bori

맛있는 건 못 참지

일주일에 한두 번은 장을 보는데 요즘 내가 푹 빠진 음식은 콩나물반찬이다. 콩나물을 씻어 소금, 다진 마늘 넣고 익히다가 간장 조금 두르고 고춧가루 뿌려 슬슬 뒤적거리면서 조금 더 익혀주면 끝.

금방 해서 따뜻하게 먹어도 맛있고 차갑게 먹어도 맛있다. 콩나물이 이렇게나 맛난 반찬이었다는걸 그동안 몰랐다니.

콩나물에서 잘박하게 나온 국물을 숟가락으로 떠먹으면 콩나물향이 정말 좋다. 마트에서 콩나물을 할인하면 재빨리 바구니에 담는다. 고작 몇백원 할인이라 할지라도 횡재한 기분이다.

둘둘 말아 김밥

밥은 최대한 얇게 펴서 아래에 깔고 만들어 놓은지 한참 지난 처리 곤란이었던 우엉반찬과 단무지, 계란부침, 어묵을 간단히 볶아 김밥을 말았다.

김밥을 말아 놓고 SNS에 '김밥과 어울리는 음식'을 검색하니 라면, 우동, 칼국수 등의 음식이 추천되었지만 우리는 김치찌개와 먹기로 했다.

후다닥 말은 김밥은 정성이 부족했는지 김밥 여기저기 옆구리가 터졌지만 원래 김밥은 이런게 더 맛있는 법이라며 한끼 든든히 먹었다. 김밥은 역시 꽁다리 부분이 제일 맛있다.

bori

‘먹’에게서 배웠다

벼루에 갈아 쓰는 먹.

벼루에 물을 붓고 먹을 살살 돌려가며 갈면 먹물이 된다. 먹물은 겉으로 보기엔 단순한 검은색처럼 보이지만 유화나 수채화의 검은색 물감과는 성질이 다르다. 검은색 물감은 검은색에 검은색을 계속 더하면 결국엔 검은색이라는 결과를 낳지만 먹물은 먹물에 먹물을 계속 더하면 어느 순간 검은색하고는 완전 거리가 먼 탁한 어떤 것이 되어버린다. 먹의 생명인 투명함이 없어지고 흙탕물 같은 감당 안 되는 탁한색으로 변질돼 버린다. 그래서 먹물 위에 먹물을 덧칠하는 것은 신중해야 한다.

수묵화에서는 흔히 ‘먹을 쓸 줄 안다, 모른다’로 표현하는데 이 말은 먹을 칠할 때보다 먹의 사용을 멈출 때, 즉 먹물의 덧칠을 멈출 때를 알아야 한다는 말과도 같다. 어떤 분야든 간에 스스로 멈출 때를 아는 것은 앞으로 나아가는 것보다 심각하게 중요한 일이다.

나는 ‘먹’에게서 배웠다. 무엇이든 적당히 멈출 줄 아는 미덕을 가지는 것이 중요하다는 것을.

그저 그런 날

또 어제와 다름없는 하루가 시작되었다. 날이 밝았고 밥을 먹고 양치를 하고 일상생활을 하고 어제 만났던 비슷한 사람들을 만나고 마트에 가서 늘 사던 채소를 사고 과일값을 따져보고 원플러스원 물건을 사고 가끔 옷도 사고 늘 듣던 비슷한 노래를 듣고, 여름인가 싶더니 어느새 가을이 오고 밤이 되면 어제 덮었던 이불과 베개를 베고 어제 잠들었던 비슷한 시간에 잠을 잔다. 이렇게 새로울 것 없는 비슷한 날들.

때론 심심할 때도 있었던 이런 날들이 언젠가는 그리워하게 될지도 모른다. '그땐 그랬지' '그땐 젊음이 가득했었구나' 하면서 말이다.

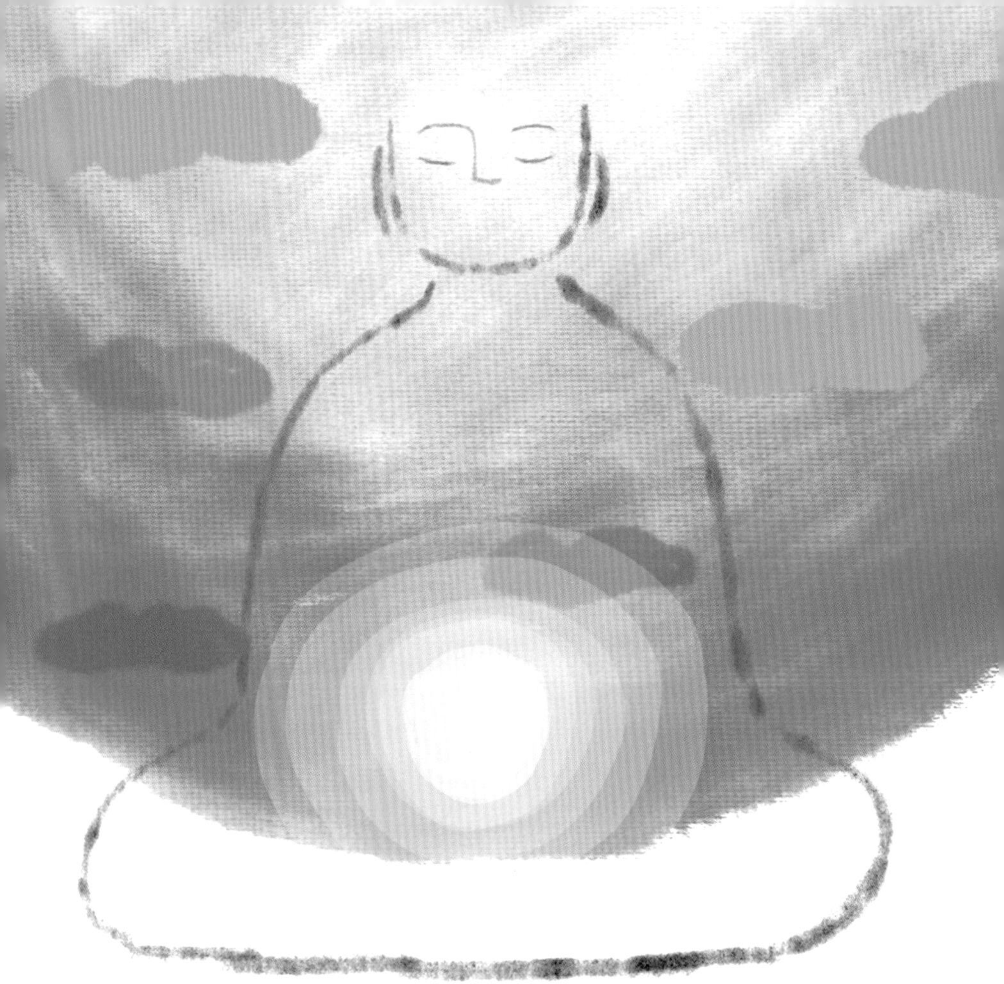

우리의 벨

이름은 벨.

'그' 또는 '그녀'로 성별은 확실히 모른다. 벨은 아름다운 화이트 색이며 3년 전 우리와 인연이 되었다.

벨이 처음 우리집에 온 날. 우리는 야심한 밤에 벨이 잘 있는지 동태를 확인하러 주차장에 내려가 보곤 했다.

벨은 우리가 가고 싶은 곳으로 언제나 데려다주고 우리가 밥을 먹는 동안에는 밖에서 착하게 기다려준다. 벨은 내가 과자부스러기를 흘려도 문을 쾅 닫아도 언제나 참아준다.

오늘도 벨은 비를 맞으며 우리를 싣고 마트를 향해 부지런히 달렸다. '고마운 벨!'

boriTEN

어디에 좋다

이제 슬슬 나이를 먹다 보니 한두 사람만 모여도 건강에 관한 이야기는 끝없이 나온다. 어디에 무슨 약이 좋다, 무슨 음식이 좋다, 이것을 조심해야 한다, 저것을 미리 준비해야 한다는 등 솔깃해지는 이야기들이 줄을 잇는다.

듣다 보면 이 약도 먹어야 할 것 같고 저 약도 먹어야 할 것 같아 갈피를 잡지 못할 때도 많다. SNS만 들어가도 건강 동영상이 그득그득하다. 그 영상들 중 '공복이 가장 큰 보약이다'라는 문구가 내 관심을 끌었다. 내친김에 동영상을 클릭해서 끝까지 시청했는데 열 몇 시간 정도의 공복을 가져 주는게 좋다는 말에 실천해 보기로 했다.

무엇을 먹는 것보다 먹지 않아서 건강을 지킨다는 말이 왠지 설득력 있게 느껴졌다. 당분간은 나도 한번 실천해보려 한다.

잘 될지는 모르겠지만.

결국엔 내가 할 일

'좀 있다가' '내일' '다음주에' 이렇게 미루기를 좋아하는 나.

이런 습관을 고치려고 노력하는 편인데 생각처럼 하루아침에 잘 변하지 않는다.

그림자료 2천 개를 정리하는데 무려 두 달이나 걸렸다. 산, 나무, 대웅전, 부처님, 동자승, 꽃 등으로 분류하는 데만도 엄청난 시간이 필요했다. 두 달 동안 쉬지 않고 분류하는데 마치 벌 받는 느낌마저 들었다. '학교 다닐 때도 벼락치기 시험공부를 하더니 쯧쯧, 아직도 이러고 있다니.'라는 생각을 하며 정리를 했다.

이렇게 정리를 끝내고나니 어찌나 속이 시원한지. 두 달 만에 엉망진창 쑥대밭 같았던 어수선한 작업실이 말끔히 정리되니 속이 후련하다.

쌍계사에 다녀왔습니다

얼마 전 쌍계사 방장 고산큰스님께서 입적했다는 뉴스를 접했는데 그 때문이었는지는 몰라도 쌍계사가 너무 가보고 싶어 다녀왔다.

사진으로만 보았던 쌍계사는 고풍스럽게 아름다웠다. 사실 내 눈에는 모든 사찰이 다 아름답게만 보인다.

일주문을 지나 대웅전, 산신각까지 꼼꼼하게 들러 삼배를 올리고 경내는 사진으로 담았다.

시간 나는 대로 사찰순례를 하기로 했는데 쌍계사는 우리의 세 번째 순례였다.

벌써 매화

매화가 팝콘처럼 톡톡 피고 있다. 얼마나 반갑던지. 가던 길 멈추고 사진을 찍고 살짝 만져보니 작고 약한 힘에도 으스러질 듯 연약하다. 약간 분홍빛 홍매화와 연둣빛 매화가 있는데, 나는 연두빛의 청매화를 더 좋아한다.

한참 두꺼운 패딩을 입고도 춥다고 종종걸음으로 다니는데 꽃이라니. 내가 사는 아파트는 오래된 아파트라 나뭇가지가 뒤틀려 꺾어진 멋스런 매화나무가 많다. 공짜로 귀한 매화꽃을 마음껏 즐길 수 있다.

꽃 한 송이에 온 우주가 들어있다. 매화향이 겨울바람 속에 떠다닌다. 이제 봄도 멀지 않았다.

그림재료는 말입니다

요즘은 SNS로 쪽지를 자주 받는다. 내용을 대략 요약해 보면 수묵그림과 손글씨를 배우고 싶다, 그림을 구입하고 싶다, 사용하는 재료가 궁금하다 등이다. 그림과 손글씨를 가르치는 일은 지금도 하고 있지 않지만 앞으로도 할 생각이 없다.

재료에 대해 말씀드리면 화선지는 연습용 가격이 저렴한 것으로 붓은 3~4센티 정도 되는 것, 초보자는 벼루에 먹보다는 편하게 문구용 먹물을 사용, 지름 25센티, 높이 10센티의 물바가지를 물그릇으로 사용, 도자기로 만든 돈까스 접시(무늬 없이 하얀 것), 물감은 시중에 파는 전문가용 한국화 물감, 화선지가 이리저리 마음대로 움직이지 않게 고정시키는 문진 2개만 있으면 SNS에 올려진 각종 그림 동영상을 보면서 집에서 충분히 독학하실 수 있다고 말씀드리고 싶다.

마음이 가는대로 붓을 움직이면서 화선지에 먹이 자연스럽게 번지는 수묵의 묘미를 직접 경험해 보셨으면 좋겠다. 더불어 아무것도 그려지지 않은 여백의 미에서 아름다움을 발견하시는 분들도 계셨으면 좋겠다.

마하반야바라밀다심경 관자재보살 행심반야바라밀다시 조견오온
개공 도일체고액 사리자 색불이공 공불이색 색즉시공 공즉시색 수상행식
역부여시 사리자 시제법공상 불생불멸 불구부정 부증불감 시고공중
무색 무수상행식 무안이비설신의 무색성향미촉법 무안계 내지
무의식계 무무명 역무무명진 내지 무노사 역무노사진 무고집멸도
dharma

마음을 가볍게 하라

나도 코로나에 걸리다

정확히 15일 동안 방바닥을 기어 화장실을 오갔다. 거의 죽을 뻔했다는 표현이 맞다. 오장육부를 다 뒤집을 듯한 심한 기침은 두달 동안이나 이어졌다. 확실히 코로나는 감기와는 달랐다.

약을 먹어도 발열, 온몸 통증은 차도가 1도 없었다. 도저히 안되겠다 싶어 제정신이 아닌 채로 링거를 맞았지만 그것 또한 무용지물이었다.

미각을 상실해서 맛을 모른 채로 음식을 삼켜야 하는 것도 고통 중에 고통이었다. 미각이 돌아오기까지도 한달 반이나 걸렸다. 기저질환이 없어도 이 정도였는데 만약 기저질환이 있는 상태에서 코로나가 걸렸다면 정말 심각해질 수도 있겠구나 싶었다.

코로나에는 비타민을 많이 먹어야한다는 친구의 문자에 그래서 귤을 열심히 까서 먹고 있다고 했더니 친구가 비타민 약을 보내줬다. 나는 태어나서 처음으로 비타민이라는 알약을 먹어댔다.

코로나는 아주 예전에 내가 급성맹장으로 수술을 해야 했을 때 보다 몇 배나 더 아픈 것 같았다.

요즘은 코로나 종식이라는 뉴스도 나오지만 코로나로 지옥을 맛본 나로서는 마스크를 쉽게 벗지는 못할 것 같다.

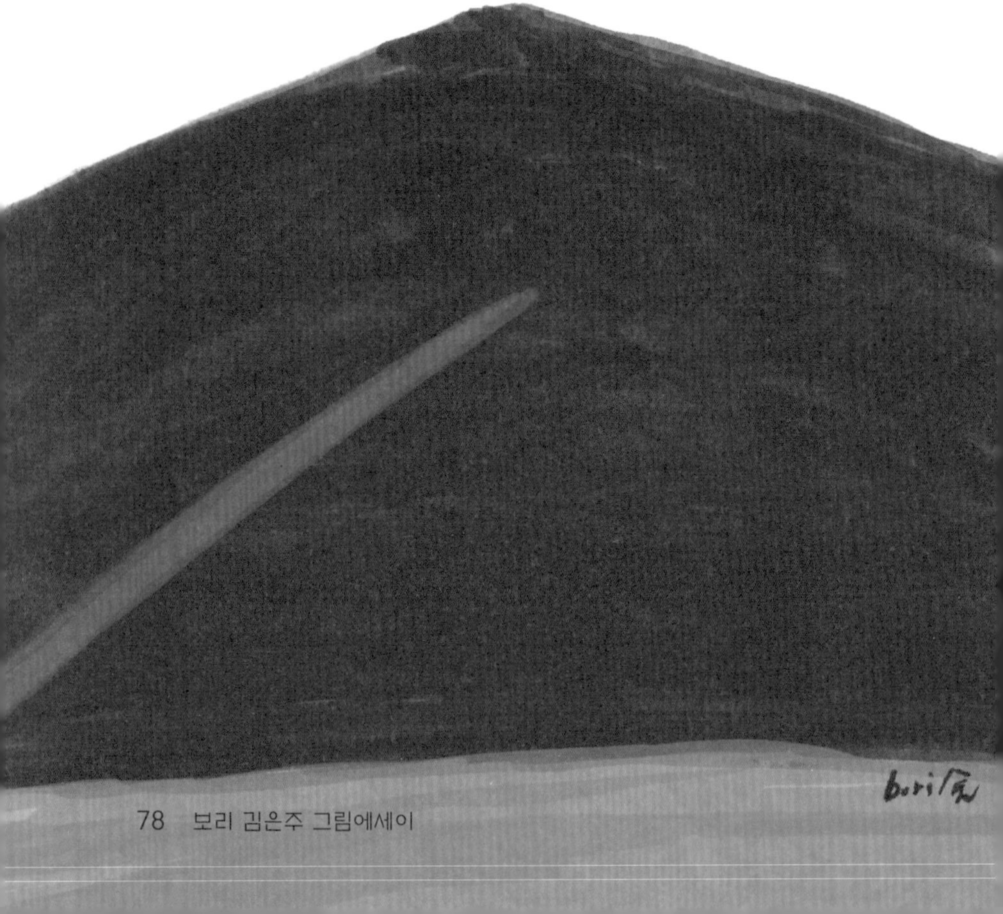
bori

다 아는데도

만나면 따뜻하게 안부를 물어봐 주고 내가 좀 귀찮더라도 남을 배려해 주는 사람을 보면 나는 그런 사람에게는 작은 것이라도 하나 챙겨주고 싶은 마음이 생긴다.

마음이라는 건, 배려라는 건, 눈에 보이지는 않지만 평소 그 사람의 행동과 말과 표정에서 다 나타나게 되어있다. 꽃향기가 눈에 보이지는 않지만 우리가 코로 향기를 맡을 수 있듯이 그 사람의 인간 됨됨이도 직접적으로 손으로 만질 수는 없지만 말, 행동, 표정으로 알 수 있다.

향기가 좋은 꽃밭에는 사람들이 모이듯 마음 씀씀이가 좋은 사람에게 나는 언제든 간단한 눈인사라도 먼저 하고 싶어진다.

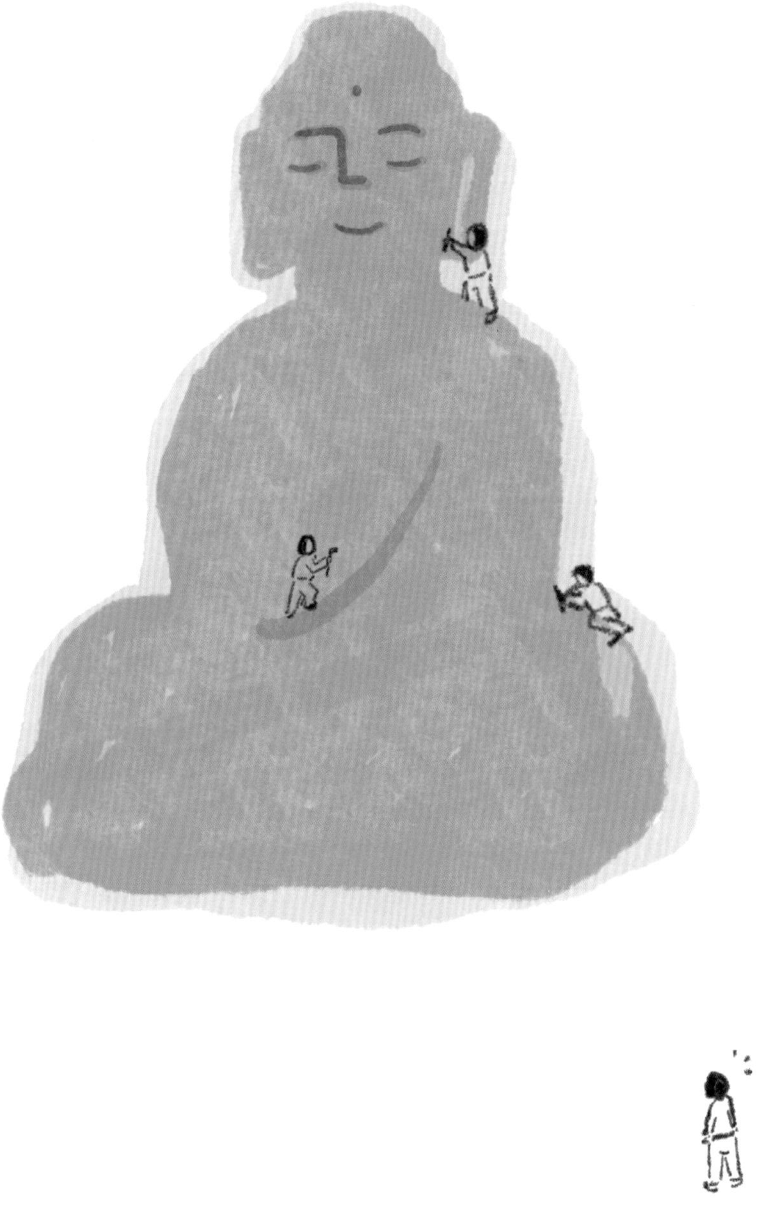

이런 세상도 있었다니

컴퓨터에 와콤을 연결시켜 이모티콘 만드는 작업을 했는데 어찌나 버벅거리고 말을 안듣던지, 이모티콘 작업 내내 마치 도구 없이 맨손으로 땅의 흙을 파내는 것처럼 심리적으로 고달팠다.

이래선 안되겠다 싶어 아이패드를 사고 그 안에 그림 앱을 깔았다. 처음엔 그림 그리는 법이 익숙하지 않아 헤매기만 했는데 차츰 아이패드에 숙달되니 아 이래서 다들, '아이패드~ 아이패드~'하는구나 싶었다.

수많은 효과를 내는 붓이 탑재되어있고 그중에서도 수묵화 효과를 낼 수 있는 붓은 거의 실제로 화선지에 그리는 효과와 흡사했다. 아이패드 하나만 있으면 수십 가지 효과의 그림을 그릴 수 있는 시대가 된 것이다.

"세상에나~!"

"이걸 이제야 알았다니, 아이패드가 세상에 나온지가 언젠데."

아이패드를 만나고 나니 그제서야 세상이 변했다는 걸 실감했다. 때문에 요즘은 아이패드로 그림 그리는 재미에 푹 빠졌다. 자기 전 엎드려서도 그릴 수 있고 차로 이동하면서 그릴 수도 있다.

아이패드는 정말로 신세계다.

재정비

낡은 컴퓨터 모니터를 버리고 좀 큰 걸로 교체했다. 조명은 새롭게 달고 자판도 두드리기 편한 것으로 바꾸었다. 새롭게 싹 다 바꾸고 재정비를 했다.

돈을 들이니 뭔가 많이 편리해지고 좋아졌다. 조명도 밝아져서 동영상 그림 촬영도 더 밝게 찍을 수 있다.

"Good~!!"

보리부처님 이모티콘, 세상에 나오다

옛날 옛날, 아주 옛날 2018년 어느 여름. 부처님 모습의 이모티콘을 하나 만들고 저작권 등록을 했다. 이름은 '보리부처님.' 나름 야심차게 만들었기에 당당히 카카오톡 문을 두드렸다.

카카오톡 이모티콘은 심사하는 시간이 제법 걸린다는 이야기를 듣고 한 달 정도 기다렸는데 드디어 카카오톡으로부터 메일이 왔다. 거절의 메일이었다. 이유인즉 종교에 관련된 이모티콘은 사용할 수 없다는 내용이었다. 종교라서 안된다는데 뭐 별 수 있나. 아쉽지만 접는 수밖에 없다고 생각하고 여기저기 알아보니 네이버 오지큐(OGQ)에서는 웬만한 이모티콘은 다 등록시켜서 판매할 수 있다는 사실을 알게 되었다.

네이버에서라도 판매할 수 있으면 감지덕지라고 생각하고 보리부처님을 네이버에 등록시키고 판매가 되길 기다렸다. 한 달이 지나고 두 달이 흐르고, 우리 보리부처님 이모티콘은 슬프고 처절하게 아무도 구매하는 사람이 없었다.

아무래도 카톡과는 좀 다른 곳이라 그럴 수밖에 없다고 생각했다.

'안팔려도 할 수 없지, 사람들에게 보리부처님 이모티콘이 알려지지 않아도 할 수 없지.'라고 생각하며 그냥 부처님 이모티콘을 만들어서 세상에 내어놓았다는 그 자체에 만족하기로 했다.

내가 보리부처님 이모티콘 원화를 그리면 남편이 맡아서 컴퓨터로 작업했기에 보리부처님은 우리 부부의 공동 창작물이기도 했다.

우리끼리는 관상 좋은 귀여운 보리부처님이라고 지극히 주관적으로 자화자찬했지만 객관적으로 구매자 입장에서는 구매를 할 만큼 매력 있는 이모티콘이 아닐 수도 있었다.

그렇게 1년, 2년이 흐른 어느 날, 드디어 누군가가 보리부처님 이모티콘을 2,000원이라는 거금을 결제하고 구매했다. 우리 부부는 너무 기뻐서 방방 뛰었다. '이모티콘이 팔리다니!' 우리는 기적 같은 일이 일어났다고 난리를 피웠다. 그 후 꾸준히 판매가 되고 있는 보리부처님, 판매된 곳을 보면 네이버 또는 아프리카TV에서 판매된 것으로 나오는데 아프리카TV 채팅창에서 이모티콘이 사용되고 있는 모양이다. 이모티콘이라는 씨앗을 심어놓고 잊고 있었는데 그 씨앗은 사라지지 않고 몇년 만에 싹을 피우고 열매를 맺었다.

"보리부처님, 감사합니다. 더 널리 널리 퍼져나가 주세요~" 하하(웃음)

잘 지내시지요~

저녁밥을 먹고 느긋하게 쉬는데 전화가 울려서 받았다.

“여보세요?”

“어, 은주가~”

“앗, 네, 성파스님~ 안녕하세요. 잘 지내시지요~?”

“어, 그래, 그래, 방금 니 책을 받았다.”

“뭐, 별로 글을 잘 쓴 책은 아닌데요, 그냥 일기 수준의 글입니다. 하하 ^^;”

“그래도 책을 냈다는게 어디고, 안에 그림들이 좋더라~”

“네~ 잘 봐주셔서 감사합니다. 책 안에 스님과의 일화도 몇개 썼습니다.”

“아, 그래~ 그런 것도 썼드나~”

“네~ 스님, 맛있는 과자 사서 남편하고 한번 찾아뵐게요~”

“오냐~ 그래, 그래 오너라~”하고 전화를 끊었다.

얼마 전에 책이 나왔을 때 이곳저곳 보내면서 통도사 방장 성파스님께도 한권 보냈었다.

스님께 전화를 받고 보니 뒤늦게 이런 생각이 들었다. 덜렁 택배로 책만 보낼 일이 아니라 말 나온 김에 이번 달에는 정말 한번 찾아뵈어야겠다고.

그리고 며칠 뒤 부산 남포동 제과점에서 선물용 과자 한세트를 사서 성파스님을 찾아뵈었다.

아침시간이 좋다고 하셔서 오전 일찍 방문했는데 스님은 붓을 들고 벌써 그림을 그리고 계셨다. 역시 부지런한 예술가의 모습이었다.

우리가 작업실에 들어서니 진돗개가 엄청 짖어댔고 스님이 고개를 돌려 우리를 바라보시더니, “어, 니 왔나~”하시며 웃으셨다.

그리고는 스님의 방으로 함께 자리를 옮겼다.

약견제상비상즉견여래
범소유상 개시허망
dharma

향을 맡아 봐라

우리는 스님의 미술작품과 도자기, 작은 금불상과 성파스님의 개인사진이 액자로 진열되어 있는 차 마시는 방으로 들어갔다.

스님이 자리에 앉으셨고 남편과 나는 합장하고 삼배의 절을 올렸다. 스님께서도 우리가 절을 하는 내내 두손을 모아 합장하고 계셨다. 절을 다하고 스님 앞에 앉았고 스님은 새 녹차 한 봉지를 뜯으시더니 향을 맡아보라고 내미셨다.

“향 좀 맡아봐라. 향이 참 좋제~”

“네. 그러네요 스님, 요즘 건강은 어떠십니까?”

“특별히 아픈데는 없고 좋다.”

말씀을 나누면서 스님은 끓는 물에 녹차를 우려내셨고 우리는 향기로운 차를 마셨다. 그리고 말씀을 이어나가셨다.

“그래, 어떻게 지내노?”

“예, 스님, 그림 그리고 그럭저럭 살고 있습니다. 스님께서는 꽤나 유명하신 분이고 저는 유명대학교수도 아니고 무명작가에 불과한데 안부전화도 해주시고 어떻게 사는지 물어봐주시니 정말 감사합니다.”라고 했더니, 스님께서 활짝 웃으셨다.

그래서 나도 웃었다.

산사로 가는 길

부부 찻잔과 스카프를 받다

성파스님께서 작은 방으로 들어가셔서 무언가를 손에 들고 나오셨다. 뭔가 싶어 쳐다보니 스카프와 찻잔이다.

스카프는 나와 남편에게 하나씩 목에 걸어주시고 부부 찻잔이라며 앞에 놓으셨다.

화려하게 여러 색이 겹쳐진 예쁜 스카프다. 찻잔은 발이 세 개 달렸고 겉은 작고 반짝이는 자개가 점점이 박히고 갈색빛 옻칠로 마무리가 되어 있다.

집에 돌아와 찻잔은 자질구레하게 예쁜 것들을 모아놓은 진열대에 놓아두고 스카프는 쌀쌀해지면 하고 다니려고 잘 모셔두었다.

깨달음 뒤에는 무엇을 해야 합니까?

나는 성파스님에게 한번도 불교에 관한 질문을 한 적이 없었다. 그런데 그날은 궁금한 것이 있었던 차에, 이때다 싶어 다짜고짜 여쭈어보았다.

"스님, 깨달았는데 보림(保任)이 왜 필요합니까?"

그러자 성파스님은 찻잔에 차를 따르며 말씀하셨다.

"도자기를 예로 들면 도자기는 1차로 초벌구이를 한다. 이때 초벌로 구울 때는 이미 그릇 형태의 도자기가 완성된 것처럼 보이지만 2차로 재벌구이를 하지 않으면 온전한 그릇이 아니다.

또 밤을 예로 들면, 겉은 잘 익은 밤이지만 막상 땅에 심어 보면 싹을 틔워 밤나무가 되지 않는다. 겉은 익었으되 안이 익지 않았기 때문이다. 땅콩 역시 마찬가지다. 겉은 잘 익은 땅콩처럼 보여도 땅에 심어 보면 땅콩나무로 자라지 않는다. 이 역시 겉은 익은 것처럼 보여도 속이 제대로 익지 않았기 때문이다. 이처럼 깨달음 뒤에는 '보림'이라는 것을 통해 일상생활에서 수행을 해나가야 깨달음이 완성이 된다."라고 알아듣기 쉽게 말씀해 주셨고,

"네, 알겠습니다." 하고 나는 합장하였다.

다소 뜬금없는 나의 질문에 스님께서는 진지하게 도자기, 밤, 땅콩 세 가지로 상세히 예를 들어 설명해 주셨다.

성파스님께 귀한 법문을 들을 수 있었던 인연에 감사한다.

“아미타불!”

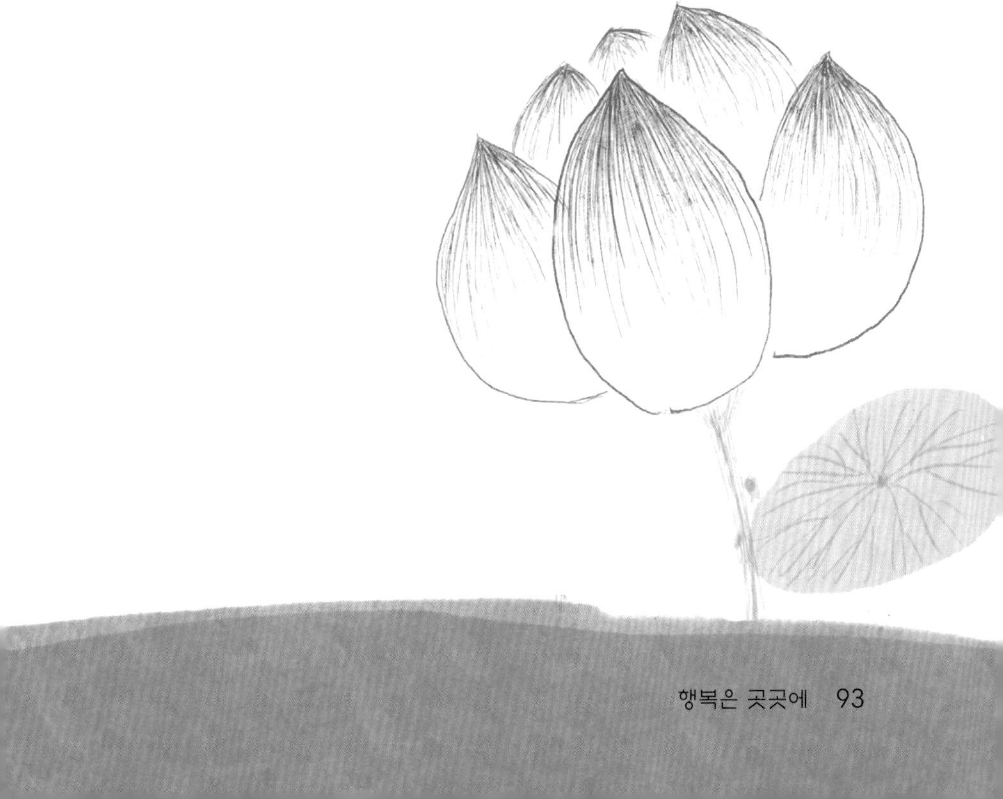

bori

남는 건 사진

“스님, 저는 스님을 뵈어도 한번도 기념사진을 함께 찍은 일이 없는데 오늘은 스님과 사진을 함께 찍고 싶습니다.”

“그래, 그래, 저쪽 그림 앞에서 사진을 찍자.”

그렇게 나와 남편은 스님과 금강산옻칠산수화 앞에서 기념사진을 찍고 서운암을 내려왔다.

6월의 서운암은 초여름 날씨에 더웠고 감나무들이 무성하게 자라고 있었다.

산은 바라보고 싶은 산, 직접 걸으며 둘러보고 싶은 산, 가서 살고 싶은 산 이렇게 세 가지로 분류할 수 있는데 통도사가 있는 영축산은 바라보고 싶은 산이자 살고 싶은 산이다.

메리 크리스마스

언제 들어도 좋은 크리스마스 캐롤.

빵가게에는 빨간색과 초록색이 조화를 이룬 인테리어 장식이 시작되었다. 창문에는 루돌프가 썰매를 끌며 하늘을 날고 있고, 하얀 수염의 선물 보따리를 짊어진 산타는 웃고 있다.

크리스마스가 돌아왔고 비로소 연말이다. 우리는 크리스마스를 맞아 케익을 하나 주문해 두었다. 갈색빛이 매력적인 초코케익으로.

"모두 모두 메리 크리스마스~"

자신이 마음먹은대로

무엇인가 하려고 계획을 세우고 진행하지만 늘 계획은 어디까지나 계획에 그칠 때가 많다. 인생은 참 아이러니해서 시간이 많을 땐 일이 안 들어오고 시간이 없을 땐 일이 들어온다.

한가하면 내심 바빴으면 좋겠다 싶고 막상 바쁘면 갑자기 더 놀고 싶은 마음이 생긴다.

삶은 종종 예상과는 다르게 흘러가는게 다반사다. 우연 속에 필연이 있고, 필연이라고 믿었던 순간들이 우연으로 흐지부지 사라지기도 한다.

길이 없는 줄 알고 걸었는데 예상치 못한 순간 넓고 탁 트인 길을 만날 수도 있고, 길이라 믿어 의심치 않고 활보했는데 불현듯 막다른 길에 도착할 수도 있다.

이렇게 인생은 무한한 가변성이 있고 그래서 어떤 면에서 보면 인생은 흥미진진하다고도 볼 수 있다.

삼랑진 장날에 갑니다

딱히 사야 할 건 없지만 삼랑진 장날에 다녀왔다. 적어도 3백 년은 넘어봄직한 커다란 은행나무가 서있는 곳에 주차를 하고 장터를 둘러본다.

금방 찐 옥수수도 사고 군밤도 샀는데 어디선가 익숙한 듯 낯선 새소리가 들린다. 도시에서는 잘 볼 수 없는 '제비'다. 삼랑진은 제비 서식지로도 유명해 다큐가 만들어지기도 했다.

'좌르륵~' 윤기 나는 자태로 곡예를 하며 날아다니다 전깃줄에 앉아 제비의 언어로 쉴 새 없이 목소리를 낸다.

근처 둥지를 보니 제비새끼들이 촘촘히 고개를 내밀고 있다. '귀여워라~' 내가 아주 어렸을 때 우리집에도 해마다 제비가 날아와 둥지를 짓고 새끼를 키웠었다.

어느 해는 동네아이들이 길다란 잠자리채로 밀어서 제비둥지를 땅에 떨어뜨렸다. 제비둥지에는 아직 날개짓을 못하는 제비새끼가 네다섯 마리 옹기종기 모여있었다.

밤이 어두워 장독 뚜껑에 둥지를 담아 밤새 방안에서 보호해 주다가 다음날 두꺼운 마분지를 이용해 흙으로 만든 제비둥지가 잘 담기도록 하여 벽에 못을 치고 다시 걸어주었더니 다행히도 거기서 새끼들이 잘 크고 날아갔다.

그때 처음으로 제비새끼를 손바닥에 올려놓고 만져보았다. 그 기억은 몇십 년이 지났는데도 생생하다.

오랜만에 도시에서는 사라져 볼 수 없는 '귀한 제비'를 보니 꽤나 반갑다. 장터를 둘러둘러 구경하고 삼랑진농협에 들러 밀양동동주도 한 병 사고 집으로 돌아왔다.

예술인패스 카드를 받다

엊그제 우리나라에 예술인으로 등록되면서 예술인패스 카드가 나왔다. '예술인이라니.' 왠지 갑자기 멋진 예술가가 된 느낌이 들었다.

예술인패스가 할 수 있는 일은 별건 없다. 문화공연 입장료에서 할인을 받을 수 있고 정해진 카페에서 음료를 조금 할인받는 일이 전부다. 그리고 굳이 하나 더 혜택이 있다면 예술인으로 인정받았다는 조촐한 자부심 정도를 들 수 있다. 이 카드 쪼가리 하나, 예술인 문서 한 장이 뭐 대단한건 아니지만 작업을 계속하게 하는 활력이 된다는 사실이 좋다.

더우나 추우나 작업실에서 무엇인가 고민하면서 창작물을 만들어 내는 수많은 예술가들이 건강하게 작업하길 기도한다. 스스로 꿈을 펼치는 일에 물러서는 일이 없길!

이번 여름은 비도 많이 온다는데, "다들 무더운 작업실에서 파이팅입니다요~^^"

매일의 다짐

환절기마다 독감을 달고 살며 수시로 몸살기운이 있어 종합감기약을 자주 먹었다. 급성맹장수술이며 편도염증수술까지 자질구레한 병치레가 많은 편이었다.

고등학교에 가서도 키는 165인데 몸무게가 38키로밖에 나가지 않아 거의 기아수준으로 심각하게 말랐었다. 먹으면 소화를 잘 못시키고 체하길 반복했다. 건강 때문에 걱정을 많이 끼치는 딸이었다.

그러던 내가 지금은 어떤가. 슬슬 입맛이 변하고 온갖 음식들을 먹기 시작하면서 지금의 나는 매일 다이어트라는 말을 입에 달고 살게 되었다. 요 몇년간은 독감 한번, 코로나 한번 걸린 것 말고는 잦은 병치레는 없어졌다.

이걸 다행이라고 해야 하나 불행이라고 해야 하나. 나이 들면 살이 안빠진다는 말은 그냥 나이든 사람들이 하는 말일 뿐이라고 생각했는데 그 말은 진리였다.

먹는걸 줄이던가 아니면 더 많이 몸을 움직이던가 둘 중에 하나를 해야 하는데 어렵다!!! 예전에는 한끼 굶고 체중조절을 하곤 했는데 이제 한끼 굶는 건 상상도 못하겠다.

한끼 굶으면 다크써클이 뺨까지 내려와 몰골이 말이 아니다.

‘그래, 다이어트도 먹으면서 해야지.’라고 오늘도 나와 적당히 타협하며 오늘 저녁은 간단하게 두부된장국에 시금치무침, 콩나물무침, 삶은계란으로 먹어보려한다.

간단하게 먹는다면서도 냉장고에서 반찬을 줄줄이 꺼내고 있다.

반갑습니다. 감○기획입니다

작년(2021) 10월, 아침에 잠이 덜 깬 채로 메일을 열었더니 낯선 편지가 하나 와있었다. 읽어보니 본인은 서울 감○기획 대표라는 사람인데 통화를 하고 싶다는 내용이었다. 통화를 했더니 불교달력 12점을 해보자는 제안이었다.

달력 그림을 그려본 적이 없었던 나는 어떻게 하는지 잘 몰랐지만 작년 10월부터 올해 4월초까지 피드백을 상세하게 해주셔서 그림을 잘 마무리할 수 있었다.

내가 새롭게 배운 점은 3월의 봄과 1월의 겨울처럼 확실하게 계절감 차이가 나는 것은 표현하기가 쉬웠는데 얼핏 보면 비슷하게 보이는 계절 5월과 6월을 어떻게 차별화를 해서 그려야 하는지 배우는 계기가 되었다. 그리고 달력 그림이 일반 그림과 어떤 특성이 있어야 하는지도 그분을 통해 자세히 배웠다.

10월부터 시작한 달력 그림은 해를 넘겨 3월쯤에 다 마무리가 되어 그림을 배접해서 택배로 보냈고, 그림 촬영이 끝나고 그림 원본은 다시 내게 돌아왔다.

그렇게 두어 달이 흐른 5월, 코로나가 한참 활기를 칠 때 갑작스럽게 대표님이 별세를 했다는 소식을 들었다.

직접 뵙지는 못했지만 그 5개월 동안 카톡으로 전화로 달력 그림이 잘 나올 수 있도록 조언을 많이 해주셨는데, 그때 카톡에서 "그동안 수고 많으셨습니다."라고 하셨고, 나는 "네 감사합니다."라고 말한게 마지막 대화였다.

이런 일련의 일들로 인해서 수묵산수화로 열심히 그렸던 12점의 달력 그림은 결국 세상 밖으로 나오지 못하고 말았지만, 내가 달력 그림이라는 장르에 도전할 수 있는 기회를 주셨던 대표님께 고마운 마음은 잊지 못할 것 같다.

"직접 뵙지는 못했지만 참 좋은 인연이었습니다. 그리고 감사했습니다. 부디 극락왕생하시길 기도합니다. 아미타불!"

이사라는 걸 준비합니다

이사를 준비 중이다. 이삿짐센터 접수 완료, 남은 계약금 입금 완료, 모든 것이 순조롭게 진행 중이다. 이사를 위한 사전준비는 끝났으니 이제 이삿날이 되면 아침에 일찍 일어나 밥을 먹고 이사를 하면 된다.

보잘것없는 신혼살림으로 시작했는데 짐이 어마어마하게 늘었다. 이번에 이사하면서 남편과 이야기했다. "우리가 늙으면 하나둘씩 물건을 버리면서 살자."라고. 그래서 이 세상 하직할 때는 심플하게 옷 몇벌, 밥그릇 몇개 정도로 남겨두자고 약속했다.

bori

이사라는 걸 했습니다

드디어 이사를 했다. 이사하는 아침에는 부슬부슬 비가 내렸다. 이삿짐센터에서 다 옮겨주었지만 우리 나름대로 해야 할 정리가 있기에 바빴다.

새로 이사 온 집은 아파트 19층이고, 해도 잘 들고 바람도 잘 통하고 딱 내 마음에 든다. 소파에 앉아 내다보니 앞산이 훤히 눈에 들어온다. 전망 좋은 집이다.

그날 점심에,

"우리 뭐 먹을까?"

"이사하는 날엔 당연히 짜장면과 탕수육이지~"

"OK~ 난 짬뽕!"이라고 외쳤다.

다연기획, 고맙습니다

달력 그림으로는 미흡한 구석이 많은 그림이었는데, 서울 다연기획에서 2023년 달력을 만들어 주셨다. 탁상용, 벽걸이용 3종류와 반야심경 사경으로는 손가방으로도 만들었다.

커다란 택배상자로 달력과 가방을 하나 가득 받았는데 너무 감사했다. 달력과 가방은 지인분들께 나눠드리고 우리집 거실에도 하나 걸어두었다. 막상 달력이 나오고 보니 '달력판매가 잘 되어야 할 텐데…'라는 걱정도 살짝 되었지만 이미 벌어진 일에 대한 걱정과 미련은 버리기로 했다.

그리고 올해는 좀 제대로 준비했는데 내년 2024년 달력이 나왔다. 벽걸이 대, 소, 탁상용, 수첩 네 가지이다. 달력 그림 중에는 11월 그림이 잘 안 나와서 3번 정도 다시 그렸고, 개인적으로는 12점 중에서 마지막 12월 그림이 제일 마음에 든다.

달력 그림은 1년 동안 누군가의 방에, 누군가의 집 거실에 걸리게 된다는 점이 참 매력적이다.

"다연기획 대표님, 감사합니다. 모든 일 잘 되시길 바랍니다. 아미타불!"

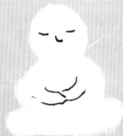

김장

배추 18포기로 김장을 했다.

3일간의 대장정이었는데, 김치통에 담긴 김치를 보니 감개무량하다. 김장김치에 잘 어울리는 수육도 직접 만들었는데 파는 것처럼 잘 만들어졌다. (내가 수육도 만들다니) 윤기 좌르륵 흐르는 밥에 김장김치를 얹어 먹으니 꿀맛이다.

잘 익으면 김치볶음밥도 해먹고, 김치고등어찜도 해먹어야지~!

부처님오신날 '희망과 치유의 연등을 밝힙니다'

대한불교조계종 인스타그램에 한달에 4번, 1년 동안 불교관련 그림과 손글씨 쓰는 동영상을 만들어 자료를 올리고 있었다. 내가 평소에 하던 대로 하면 되는 것이라 특별히 어려운건 없었다. 다만, 조계종에 올리는 자료는 되도록 동자승의 모습을 자주 등장시켰고 대웅전, 탑의 사찰관련 조형물과 부처님의 형상을 많이 그렸다.

그러던 중 불기2565(2021)년 부처님오신날을 맞아 대한불교조계종에서 '희망과 치유의 연등을 밝힙니다'라는 표어를 써달라는 연락을 받고 아주 아주 열심히 손글씨를 썼다.

3일 동안 매진해서 열심히 썼지만 좋은 글씨체가 나오지 않았다. 평소 주먹구구식으로 그때그때 체계 없이 손글씨를 써버릇했기 때문에 한두 번 만에 '짠~!'하고 멋진 손글씨가 써지질 않았다.

그렇게 두서없이 200번 정도 반복해서 썼는데 그중에서 괜찮은 글씨체 하나를 건졌다.

'휴' 겨우 썼다 싶었다.

표어는 포스터, 서울광화문광장탑, 청계천조형물, 전국 사찰 등 곳곳에 새겨졌는데 나는 인터넷 검색으로 찾아봤다. 내게 표어를 쓰는 인연이 주어진 것이 감사하면서도 촌스럽게 마음이 들떴다. 누군가로부터 선택받는다는 것은 기분 좋은 일이고, 운이 좋았다고 느껴지는 이벤트다.

서울 사는 친구한테 말했더니 친구가 광화문광장탑 앞에서 찍은 사진을 카톡으로 보내왔다.

"지금 광화문 광장에 왔는데, 여기 있다, 있어~ 탑도 엄청 크네~"

bori

이제는 생존입니다

어떤 책에서 이런 문구를 읽었다. '안 걷는 날이 많을수록 못 걷는 날이 빨리 온다.'

짧은 문장 속에 무시무시하고 섬뜩한 의미가 담겨있다. 코로나 이전에는 가까운 운동장에라도 가서 걷는 운동을 했었는데 코로나 이후로는 마스크가 답답해 밖에서 하는 운동은 자연스럽게 하지 않게 되었다.

확진자가 아니라 '확찐자'가 많아졌다는 말에도 진심 동감한다. 이제 미용을 위한 운동이 아니라 건강한 생존을 위해 나에게 운동은 필수항목이 되었는데 나는 요즘 집에서 방석 하나만 있으면 할 수 있는 절운동을 시작했고, 오늘로 100일이 조금 넘었다. 언제까지 하게 될지는 모르지만 아직까지는 그럭저럭 잘 버티고 있다.

처음이 힘들어서 그렇지 운동을 하고나면 그 운동 특유의 개운하고 상쾌한 기분이 좋긴 하다.

자주자주 '오늘은 운동을 쉴까?'라는 생각이 머릿속에서 슬금슬금 일어나지만 오늘도 절운동을 해냈다.

내일도 나에게는 절운동이 기다리고 있다.

잠은 안자나요?

하루도 빠지지 않고 3년 넘게 인스타그램에 그림을 올렸다. 새벽 3시에.

매일 그림을 올린다고 누가 상을 주는 것도 아니고 돈이 들어오는 것도 아니다. 그냥 내가 정한 시간이 그 시간이고 하루도 빠지지 말자고 스스로 약속했기에 그 약속을 지키고 있을 뿐이다.

그 시간에 일어나서 그림을 올리고 내 나름대로 천수경과 금강경을 읽는다. 나는 새벽예불을 해야 내가 맡은 의무를 다한 것 같은 생각이 든다. 매일매일 밥 먹고 살듯이 내겐 평범한 일상이 남들보다 조금 이른 시간에 시작될 뿐이다.

새벽 3시에 내가 그림을 올리자마자 누군가 이런 댓글을 달았다.

"잠은 안자나요?"

그래서 나도 댓글을 달았다.

"잠은 잡니다."

팬입니다

내가 그의 존재를 알게 된 것은 화집을 통해서였다. 서운암 성파 스님께 매주 한번씩 옻칠그림을 배우러 다닐 때, 스님 책상 언저리에서 커다랗고 무거운 화집이 눈에 들어왔다.

무심코 펼쳐 들었는데 그 화집 속에는 첫 장부터 마지막 장까지 나를 충격 속으로 몰아넣었다. '이 사람 이름이 뭐지?'하고 보니 '소산 박대성'이라는 인물이었다.

화집의 크기는 A4용지보다 조금 컸는데 그림 한점 한점을 볼 때마다 집 한채 크기만큼의 웅장하고 커다란 크기의 작품을 보는 것 같은 착각이 들었다. 그리고 가슴을 철렁 내려앉게 하고 깊은 고요함을 느끼게 하는 짙고 연한 수묵과 여백의 감동! 그날 이후로 나는 소산 박대성을 자주 검색하며 그의 살아온 인생 이야기와 경주 솔거미술관에서 그의 수묵그림이 계속 전시된다는 것도 알게 되었다.

그는 어릴 적 사고로 인해 한쪽 팔을 잃고 홀로 그림을 그리기 시작하여 고도의 수행정신을 바탕으로 명산대천(名山大川)을 찾아 우리나라의 절경을 그려냈다.

커다란 공모전에서 당당히 대상을 거머쥐며 리움미술관에서 100여 점의 수묵그림을 전시해 대성공을 이루었다. 삼성 이건희 회장의 전폭적인 지지를 받으며 훌륭한 그림을 그려낸 인물이다. 자타가 인정하는 현대수묵화의 거장이라고 할 수 있다.

얼마 후 나는 경주 솔거미술관으로 향했다. 그의 그림을 직접 보기 위해서.

솔거미술관은 경주엑스포공원에 입장료를 내고 한참 걸어 올라가면 산 위 한적한 곳에 있었다.

그의 작품은 미술관 벽 전체를 가리고도 남을 정도의 대형그림이었는데 너무나 멋지고 감격스러워 그 그림 앞에서 발을 떼지 못할 지경이었다. 돌아 나오면서 나는 그곳에 비치된 화집이란 화집은 종류별로 모조리 다 사왔다.

그 이후로도 오매불망 소산 박대성의 행보를 뉴스를 통해 접하는데 요즘은 미국이며 유럽에서 활발하게 전시를 하고 있고, 여전히 솔거미술관에는 그의 신작들이 전시가 되고 있음을 알게 되었다.

그런데 얼마 전 그의 초대형 신작이 대중에게 공개되면서 성황리에 전시되고 있다는 뉴스를 보고 날을 잡아 '한번 가야지.'하고 생각하고 있던 차에 영화관련 일을 하는 친구에게서 문자가 왔다.

소산 박대성 화백 관련 이야기였고, 그 이야기를 듣자마자 대뜸 내가 말했다.

"아, 그래? 그럼, 내가 내일 솔거미술관에 가서 담당자에게 이야기를 전달할게!"

"정말, 그래줄 수 있어?"

"그렇지 않아도 신작이 공개되었다고 해서 가려고 마음먹고 있었는데 잘됐다!"

그리고 다음날 아침, 부리나케 경주로 향했다. 뉴스에서 보았던 신작을 감상하고 미술관 담당자를 만나 친구의 이야기를 전달했는데 나는 내심 그렇게도 내가 존경해 마지않는 박대성 화백의 최측근을 만나서 몇 마디 나누었다는 자체만으로도 감동의 쓰나미가 몰려왔다.

그곳 담당자에게서 박대성 화백의 그림포스터를 한 장 선물로 받고 돌아 나왔다.

언제고 되도록 빠른 시일 내에 박대성 화백을 만나고 싶다는 생각은 더 간절해졌다. 모쪼록 건강하게 감동적인 작품 많이많이 만들어 내셨으면 좋겠다.

"무조건, 건강하세요! 박대성 화백님, 진심 팬입니다. 꼭 한번 만나고 싶습니다."

득템

우리부부는 조촐하게라도 자축할 일이 있으면 치킨버거세트에 맥주를 마신다. 그래서 그날도 전화로 미리 주문해 놓고 찾으러갔는데 매장 직원이 내게 말했다.

"저기 실수로 콜라 한잔을 더 만들었는데 한잔 더 드릴게요. 가져가세요~"

"아, 네~ 주세요."라고 번개같이 대답했다.

집으로 돌아와서는,

"오늘 나 완전 득템 했잖아~ 콜라 한잔을 더 받았어, 콜라가 보약도 아닌데 공짜로 받으니 기분이 좋으네~ 역시 공짜는 좋아, 큭큭~"

만날 인연은 만난다. 틀림없이

친구A. 그녀는 고1때 함께 미술을 한 친구였다. 지금은 영화, 드라마 쪽에서 일을 한다. 생각만 해도 근사하고 멋진 느낌이 든다.

영화, 드라마라니…. 대단하다. 굳이 말하지 않아도 뭔가 나와 통하는 게 있는 친구였다. 그런 친구와 연락이 끊긴지 10여년이 흘렀다.

당시 우리는 각자 사는게 너무 바빴고 다른 친구를 만나면 친구A에 관한 근황은 띄엄띄엄이라도 들을 수 있었는데 이 마저 끊기게 되어 어느 순간 아무도 친구A의 소식을 모르게 된 것이다.

살면서 자연스럽게 물 흘러가듯 잊혀진 인연이 있는가 하면 의도적으로 적극적으로 멀어진 인연이 있는데 이 친구A와 연락이 평생 안 될지도 모른다고 생각하니 가슴명치 어디쯤이 답답해져 왔다. 이렇게 인연이 끝난 건가 싶어서.

“어떻게 찾지?” 그러던 중, 인터넷검색으로 기억이 날듯말듯 가물거리는 번호 하나를 찾아냈고 망설임 없이 전화를 걸었다. 늦은 밤에.

“여보세요?”

“네~”

"혹시, ○○○씨인가요?"

"네, 그런데요"

"혹시, 부산에서 그림을 하신분인가요?"

"네, 그런데요~"

여기쯤 들으니 그 옛날 친구A의 목소리라는걸 알 수 있었다.

나는 너무 반가워서 반쯤 울먹였다.

"○○아~ 나 은주~!!!"

"앗~ 은주야~~~"

이렇게 10여년의 세월을 1시간 만에 압축파일 풀 듯 폭풍 이야기를 나누었다. 이야기라기보다 밀린 대화를 그냥 쏟아냈다.

만날 사람은 언젠가는 다시 만나게 된다는 그 흔한 말이 그날따라 너무나 고마웠다. 기쁨의 눈물을 한바가지나 흘렸던 밤이었다.

bori

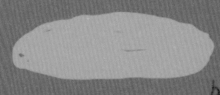

고작 빵 몇개 집었을 뿐인데

간만에 빵을 사러 빵가게에 들렀다. 예쁘게 보이는 빵도 담고 맛있어 보이는 빵도 담고 처음 보는 빵도 담았더니 금세 2만원이 훌쩍 넘는다. 스스로 '밀가루는 되도록 줄여야 한다.'는 생각을 급하게 떠올리며 담았던 빵을 몇개 다시 내려놓았다.

한동안 끊었던 빵에 다시 손을 대기 시작했다.

'이러면 안되는데.'하면서 슬쩍 팥이 듬뿍 들어 있는 팥빵을 다시 쟁반에 담는다.

집에 와서 투명컵에 하얀우유를 콸콸 붓고 팥빵 한입에 우유 한모금 마시니 이런 찰떡궁합이라니! "역시 팥빵엔 우유지~"라면서 우물우물 순식간에 먹어치웠다.

날씨

비소식이 있더니 오늘 아침은 구름이 순두부처럼 몽글몽글하게 회색빛이다. 화창한 날은 밝아서 좋고, 흐린 날은 나름 운치 있어서 좋고, 바람 많이 부는 날은 흔들리는 나뭇잎이 멋져서 좋다.

비라도 오는 날이면 가까이 보이는 나무는 더욱 또렷하고, 멀리 보이는 나무들은 뿌연 안개에 가려져 원근감이 제대로 표현된 그림이 된다. 굳이 멀리 가지 않더라도 지금 내 곁에서 바라볼 수 있는 자연이 함께 하고 있다.

아파트 창문으로 내다보이는 하늘이 광안리 푸른바다처럼 광활하다.

대자대비구고구난

호박죽입니다

늦은 아침을 먹고 호박죽을 만들었다. 호박 1개를 깎아서 잘게 썰어 푹 익혀 으깬 다음 찹쌀가루를 풀어가며 걸쭉하게 만들고 제일 마지막에 소금으로 간을 맞추었다. 팥이 간간히 씹히면 맛있긴 하지만 번거로워 팥은 생략했다.

황금색 호박죽이 먹음직스럽다.

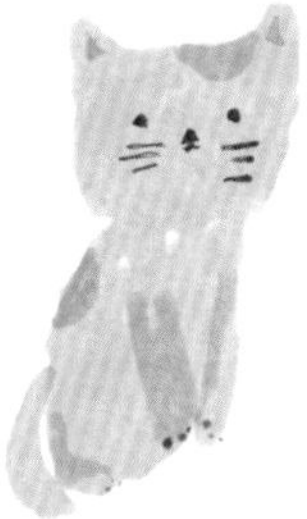

어떤 부부-1

어느 햇살 좋은 오후.

엄마는 오랜만에 1층 마당에서 한적한 시간을 보내고 있었다. 커다란 고무통에서 자라고 있는 대추나무에 꽃이 얼마나 피었나 올려다보고 참새소리도 들으며, 오후의 바람결을 느끼며 빗자루로 '사각사각' 비질을 하고 있었다.

연세가 드셨지만 비 오는 소리를 좋아하고 소녀감성 충만함을 즐기던 바로 그때! 2층 현관문을 열고 나온 아버지가 1층의 엄마 모습을 흘낏 한번 내려다보시고는 한쪽 콧구멍을 손으로 막고 힘차게 엄마가 서있는 1층 마당에 코를 풀었다.

"크으으응~!"

순간 엄마는 2층에서 자기쪽으로 아무렇지도 않게 코를 푸는 모습을 보고 기분이 확 나빠져 날선 목소리로 소리쳤다.

"휴지가 있는데 왜! 우째서! 여기다 코를 푸는교!?"

그러자 아버지가 지지 않고 엄마보다 더 큰 목소리로 대꾸했다.

"내 집인데, 내 집에서 내 마음대로 코도 못 푸나?"

그러자 엄마가 더 큰 목소리로,

"내가 지금 여기 있는거 안보이는교?"라고 소리치니 아버지는 동네가 울리도록 소리를 질렀다.

"요새, 잔소리가 와 그렇게 많노!"

그날 오후, 그렇게 그 사건이 발단이 되어 부모님은 며칠동안 냉전의 시간이 지속되었다고 한다. 나는 나중에 엄마에게 은근히 물었다.

"엄마, 그래서 아버지랑 어떻게 화해했어?"

"화해고 뭐고 그런게 어디있노. 그냥 그러다 마는거지. 내참, 더러워죽겠다."

나는 엄마 말을 듣고 '크크크~'하고 웃고 넘겼다.

예전에는 부모님 부부싸움을 제법 심각하게 생각했었는데, 요즘은 부모님 싸움이 귀엽게 느껴진다.

한결같이 50년을 넘게 바람잘날 없이 부부싸움을 하시다니 '대단한 에너지를 가진 분들이구나.'라고 생각하게 되었다.

부부싸움도 다 건강해야 할 수 있는 일이다. 나는 이제 부모님 부부싸움도 웃고 넘길 수 있는 여유만만한 아줌마가 되었다.

빵 · 떡 · 밥 · 면

살을 빼려면 탄수화물을 줄여야 한다고들 한다. 탄수화물의 꽃, 탄수화물 대표주자는 뭐니뭐니 해도 한 단어로 이루어진 음식들 '빵, 떡, 밥, 면'이 아니던가. 이 어여쁜 빵떡밥면이 다이어트에 적이라니 슬프기까지 하다.

한때 우리부부는 건강을 위해 라면을 2년 정도 끊었었다. 한번 끊으니 먹고 싶은 생각도 들지 않았다. 그러다가 2년 만에 라면을 다시 먹던 날, 우리는 라면 4개를 끓여 정신줄을 놓고 라면을 거의 마셨다. 서로 말도 하지 않고.

미간은 맛있다는 표정을 연신 찡그리면서 신김치를 추임새로 곁들이며 정신없이 먹었다. 다 먹고 난 우리는 서로 누가 먼저랄 것도 없이 이렇게 말했다.

"라면, 진~~~ 짜 맛있다!"

"라면을 누가 최초로 만들었을까, 무슨 라면이 제일 맛있고, 무슨 라면은 두 번째로 맛있고, 라면이 없으면 인생에 무슨 재미"라며 라면에 관한 찬사가 줄줄 이어졌다.

그날 밤 우리는 라면 과식에 국물까지 살뜰히 마신 댓가로 늦은 밤까지 생수를 벌컥벌컥 계속 들이켜야 했다.

김치

5월쯤 되니 김장김치보다는 아삭아삭 식감의 생김치가 먹고 싶어 배추 3포기를 사서 김치를 담았다. 양념이 좀 남아 깍두기도 담았다.

연근으로는 간장조림도 해놓고 양배추로 새콤한 피클도 만들어놓았다. 냉장고가 밑반찬으로 차곡차곡 채워졌다.

이제 맛있게 먹는 일만 남았다.

10분이 딱입니다

완숙보다 반숙을 좋아하는 나.

반숙에 소금은 환상의 조합이다. 삶은 계란, 파송송 썰어 넣고 돌돌 말은 계란말이, 음식점에서 먹는 솜사탕처럼 부풀어 오른 폭탄계란찜, 두부계란탕 등 계란은 자주 먹어도 질리지도 않는다. 가격과 맛 모두 착한 반찬이다.

인간-사람-나

사람과 사람이 만나면 대화를 안 할 수가 없다. 그런데 그 대화는 사람을 유쾌하게 할 수도 있고 그 반대일 수도 있다. 대화가 유쾌하려면 핑퐁처럼 주거니 받거니 하며 서로 적당한 소통이 전제가 되어야 한다.

한사람이 계속 오랜 시간 쉴 새 없이 이야기를 쏟아내고 한쪽은 계속 고개만 적당히 끄덕이는 상황이면 그건 이미 대화가 아니다. 대화라기보다는 상담에 가깝다. 정작 상대방 이야기에는 무관심하면서 자기 이야기만 쏟아내는 사람은 피하고 싶은 유형의 사람이다.

또 대화를 하면서 감정적인 면도 상대방에게 전해지는 것이기 때문에 불평, 불만이 많은 부정적인 말을 듣다보면 어느새 내 마음도 어두워진다.

세상에는 많은 사람들이 있는데 커다랗게 몇몇의 형태로 분류할 수 있다.

멘탈이 긍정적인 사람과 부정적인 사람, 나의 이익을 위해 타인을 수단의 발판으로 이용하면서도 죄책감을 모르는 사람과 작은 일에도 혹시나 타인이 상처받았을까 죄책감을 느끼는 사람, 고마움을 아는 사람과 고마움을 모르는 사람, 겉과 속이 다른 사람과 겉과 속이 한결같이 같은 사람, 남이 잘되면 배 아파하는 사람과 진심으로 함께 기뻐해주는 사람, 타인을 멸시하고 경멸해서 침묵이라는 것을 택하는 사람과 침묵의 소중함을 알기에 침묵하는 사람, 남의 잘못을 굳이 들추어내는 사람과 남의 잘못도 슬쩍 덮어주는 사람, 세상에서 자신만이 피해자이며 가장 불쌍한 사람이 자신이라고 공공연히 말하고 다니는 유아적 성향의 미성숙한 사람과 스스로 마음을 다스리며 어른스럽게 행동하는 사람, 이렇게 세상에는 상반된 사람들이 무수히 많이 존재한다.

그리고 어떤 부류의 사람을 만나든 이건 복불복이다. 내가 가려서 만날 수도 없다. 내가 가려내려고 해도 가려내지지도 않는다. 사람은 누구나 반쯤은 스스로의 모습을 숨기고 행동하기 때문에 언제 어디서든지 여러 부류의 사람을 만나게 되어 있다.

사실 누가 옳고 누가 그르다고 생각할 필요도 없다. 우리는 누구나 적당하게 솔직하지 못하고 적당히 거짓말을 하고 살며 적당히 정의로운 척하기도 하고 적당히 자신의 단점을 가리고 살아간다. 다만, '저런 사람도 있나 보다…'라고 스치면 그만이다. 그 사람에게 머물지 않으면 된다.

또 이런 사람, 저런 사람, 다양하다는 걸 조금 높은 눈높이에서 바라보는 자세로 사는 것도 인생에 묘미가 된다.

적당히 한발을 뺀 상태로 선을 지키는 인간관계만이 상처받지 않는 유일한 해결책이다.

어떤 부부-2

며칠 전부터 사소한 것으로 시작한 부부싸움으로 인해 냉랭하게 보내던 어느 날, 아버지는 선물로 홍삼세트를 받아오셨다. 그리고 엄마에게 화해의 액션으로 홍삼세트를 건넸지만 엄마는 먹지 않겠다고 단호히 거절했다. 기분이 상한 아버지는 소리치셨다.

"이거 먹어야 힘내서 또 싸울거 아니가?"

그랬더니 엄마가 말없이 홍삼세트에서 홍삼진액을 하나 집어 들고 꿀떡꿀떡 마시기 시작했다. 그러자 아버지도 엄마와 마주 앉아 홍삼진액을 마셨다.

그렇게 두 분은 그날 저녁, 홍삼진액을 마주앉아 마시고 나서는 아무 일도 없다는 듯 저녁식사를 하셨다.

부부싸움은 부부만이 아는 이야기이며, 부부싸움은 사소한 것으로부터 시작하지만 사소한 것으로부터 풀리기도 한다. 부부싸움은 당사자는 심각하지만 타인이 보기에는 별거 아닐 수도 있다.

dharma

새우 구이

자갈치시장에서 새우를 샀다. 굵은소금을 뿌리고 그 위에 새우를 구워 초고추장에 찍어 먹었는데 맛은 그냥 그랬다. 새우 머리 부분이 부담스럽고 새우 하나에 껍질이 많이도 나왔다. 깨끗하게 손질된 냉동새우가 더 나은 듯싶다.

추석 전이라 자갈치시장에는 사람들이 많았다.

bori

최도사와 오토바이

결혼 전 남편의 별명은 최도사 혹은 도사님이었는데 누구나 그렇게 불렀다. 그는 스피드를 즐기는 남자이기도 했다. 지프차를 타고 동호회 사람들과 산을 오르고 오토바이로 곳곳을 누비는 자유인이었다. 나도 남편 오토바이 뒤에 타고 해운대와 송정, 남포동을 달렸다. 태어나 처음으로 오토바이 헬멧을 쓰고서.

결혼 후에는 당연히 위험성을 이유로 오토바이를 못타게 했다. 남편은 단 한마디의 반항(?)도 없이 순순히 오토바이를 팔았다. (웃음)

우리집 선반에 올려진 헬멧만이 최도사가 오토바이 애호가였음을 알려주고 있다.

bori

카레엔 김치

냉장고에 한참 방치해 둔 감자와 당근, 그리고 파란 싹이 나서 화분에 심어도 될 정도의 양파를 어떻게 맛있는 음식으로 변신시킬까 생각하다가 오늘 저녁은 카레다 싶었다.

"어디 보자~ 그럼 카레가루가 있어야 하는데…"하고 찾아보니 다행히 카레가루도 있었다.

야채를 먼저 볶다가 물을 붓고 카레가루를 개어서 넣어야 맛있다는데, 귀찮아서 야채와 물, 카레가루를 동시에 모두 넣고 보글보글 끓였다. 완성되고 나서 밥을 한쪽으로 밀고 카레를 한 국자 퍼서 부었다.

"음~ 맛있네~"

역시 카레엔 김치 하나만 있어도 완벽한 한끼구나 싶었다.

느린 아이

5월.

오늘은 내가 태어난 날. 무려 4키로의 우량아였다. 엄마 말로는 진통하고 두어 시간 만에 태어났다는데 원래 예정일보다 일주일 정도 당겨서 나왔다고 한다.

나는 초등학교 3학년 때까지 받아쓰기 10개 중에 10개 모두 틀리는 일명 '빵점'이 흔한 일상을 살았던 초등학생이었다. 받아쓰기 못하는 아이가 덧셈, 뺄셈의 산수를 잘할 수는 없는 일.

당시에는 '수우미양가'로 등급을 매기는 성적표가 있었는데 나의 성적표는 양이 풀밭에서 떼로 뛰어놀았다. 지금 생각해도 내가 어떻게 그 어려운 구구단을 다 외우고 초등학교를 졸업했는지 신기할 정도다. 방학숙제는 개학을 하루 이틀 남겨두고 남의 것을 베껴서 했고, 밀린 일기는 '오늘은 비옴, 오늘은 구름…' 등으로 날씨 계산까지 해가며 벼락치기로 써냈다. 당연히 예습, 복습 따위는 하지도 않았다. 아침에 일어나서야 허둥지둥 필통을 챙기고 걸핏하면 교과서를 빠트리고 챙겨가지 않는 날도 많았다.

오늘은 생일 자축의 의미로 손이 많이 가는 잡채, 짭조름한 닭볶음탕, 미역국까지 거하게 차렸다.

아, 엄마께 "낳아주셔서 감사합니다."는 전화도 빠트리지 않았다.

독일 불이선원

남편과 나는 독일 불이선원으로 택배를 보냈다. 우체국의 말로는 코로나로 인해 오래 지연될 수도 있다고 했는데 다행히 10일 만에 독일에 도착했다. 인천국제공항을 거쳐 독일 프랑크푸르트에 도착해 다시 독일 레겐스부르크로 가는 여정을 거쳐 '불이선원'에 무사히 도착했다.

나는 정확히 16년 전 늦은 시간, BTN불교방송을 통해 '현각스님의 금강경'강의를 시청하고 있었다. 그 당시 나는 금강경 강의를 듣다가 '현각스님께 공양을 올리고 싶다'는 마음을 먹은 적이 있었다. 무슨 이유에서 그런 마음이 들었는지는 나도 모른다. 막연하지만 간절하게 그런 마음을 품은 적이 있었다.

그리고 이렇게 16년이 흘렀다. 한번 마음속으로 품은 생각의 씨앗은 사라지지 않고 우주 어딘가에 새겨져 있다가 인연이 되면 싹이 트고 꽃으로 피어나나보다.

16년이 흘러 요근래에 그렇게도 내가 원했던 일을 실행에 옮길 수 있었다.

택배를 받은 현각스님께서 우리의 공양물을 불단에 진열해 놓고 사진을 찍어 문자를 보내주셨다. 별거 아닌 작은 공양물에 크게 기뻐해주시니 감사하고 쑥스럽다.

독일 불이선원은 유럽 사람들이 현각스님 지도아래 진지하게 선 수행이 펼쳐지고 있는 곳이다. 불이선원 뿐 아니라 유럽 곳곳에서는 선수행의 맥이 이어지고 있는 수행처가 많이 있다.

“현각스님, 건강하세요. 독일의 겨울이 길고 많이 춥다는데 불이선원 모든 수행자분들도 건강하시길 기도합니다. 아미타불!”

dharma

김해 표구사

아주 예전에는 화선지 배접도 내가 척척 했었다. 그런데 배접을 하려면 화선지를 붙일 반들반들하게 코팅된 배접판이 필요한데 일단 지금 내게는 배접판도 없고 배접붓도 없어서 배접을 맡기는 게 낫겠다 싶어 표구사를 찾아보았다.

요새는 화선지에 그림을 그리는 사람들과 서예를 하는 사람들이 줄어 들어서 김해에서 표구사를 찾기가 쉽지 않았다. 인터넷 검색으로 겨우 오래되고 장인이 운영한다는 표구사를 하나 알게 되었다.

우리집 장유에서는 좀 거리가 있지만 거리는 별로 중요한게 아니었다. 표구사를 하나 찾아냈다는데 기뻤다. 사장님은 오래된 가게만큼 연세가 있어 보이셨다. 그래서 더 장인의 느낌이 났다. 깔끔하게 배접을 잘해주셔서 대만족하며 다음에도 배접을 계속 맡기게 되었다.

얼마 전 배접한 그림을 찾으러 가는 날에는 빵 몇개와 동동주도 한 병 사들고 갔다. 아니나 다를까 사장님은 동동주를 크게 반가워해주셨다. 다행이다. 동동주를 좋아하셔서.

금강경 中

보름 나물

정월 보름이라 찰밥 짓고 나물반찬을 만들었다. 주부가 되고 보니 특별한 날마다 해먹어야 할 음식들이 아주 많다는 것을 알게 되었다.

예전에는 엄마가 찰밥을 해주면 그냥 그러려니 하고 별 의미도 모른 채 무심하게 먹고 말았는데, 보름나물을 만들고 찰밥을 짓는데도 노력과 정성이 들어가는 힘든 일임을 느끼는 요즘이다.

취나물은 1차로 물에 불렸다가 2차로 중불에 끓이는 과정을 거쳐야 한다. 보름나물 하나 만드는데도 힘든 과정이 있다.

나는 부모님의 노력과 정성 속에서 성장했음을 보름나물을 먹으면서도 느끼게 된다.

아무튼, 찰밥을 고소한 김에 싸먹으니 맛나다.

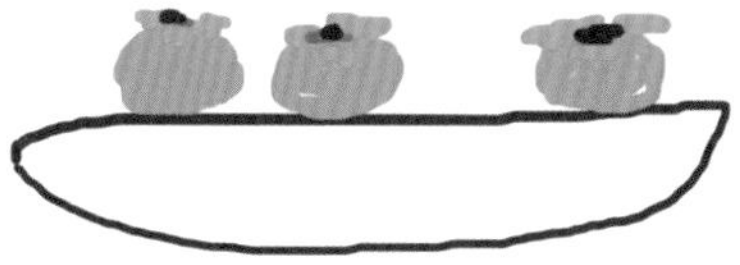

비

눈앞이 새하얗게 빗줄기가 거세게 내리친다. 8월 중순의 장대비다. 가까운 앞산이며 동산도 보이지 않을 정도로 내리고 있다. 나는 때때로 SNS를 통해 '비오는 소리(ASMR)'를 틀어놓곤 하는데, 오늘은 제대로 빗소리를 듣고 있다.

오전에는 마트에 가서 적당한 크기의 수박을 하나 샀다. 수박을 네모난 반찬통에 깍두기처럼 썰어두었다가 접시에 먹을만큼 덜어서 먹곤 했는데, 이렇게 먹는 건 여러모로 편리하고 깔끔하긴 하지만 왠지 수박 먹는 것 같지 않을 때가 있다. 그래서 오늘은 수박을 껍질째 세모 모양으로 썰어 커다란 쟁반에 담았다. 어렸을 때 식구들이 둘러앉아 먹던 수박처럼 먹고 싶었다. 그러다가 이내 어린 시절이 생각났다.

아주 예전에는 트럭에서 수박을 사면 수박 파는 아저씨가 수박을 세모 모양으로 칼로 긋고 콕 찍어 내어, 수박이 잘 익었는지 확인시켜주던 시절이 있었다. (요즘 아이들은 이런 모습을 전혀 못보고 자랐을 수도 있겠다 싶다.)

대형마트가 흔하지 않던 시절, 수박 한덩이를 우리집 산동네까지 땀을 흘리며 들고 올라와, 집에서 제일 커다란 양철쟁반에 올려놓고 수박을 '쩍' 가른다.

이내 수박이 '우지직'하고 갈라지면 식구들이 모여 "우와~잘 익었네~"하며 모두 대단한 것이라도 본 듯 기뻐했다. 수박 한덩이에 온 식구가 둘러앉아 신나게 먹었던 기억이 있다.

그 시절에는 선풍기 앞에서 수박을 먹고, 잠들만하면 귓가에 얇은 바늘 같은 굉음을 울리는 모기소리에 잠을 들척였다. 너무 더워 자다가 깨서 세수를 하기도 했고, 팔이며 다리가 모기한테 물려 벅벅 긁으며 여름잠을 설치던 어린 시절이 있었다.

요즘은 카페나 마트 어딜 가나 시원한 에어콘이 일상화되었지만, 내가 어렸을 땐 에어콘이라는 것이 있는 줄도 모르고 살았다.

밥솥 카스테라

오븐 없이 밥솥만 가지고도 카스테라 빵을 만들 수 있다는 동영상을 보고 할 수 있다는 자신감이 충만하여 바로 도전해보았다.

동영상 속의 베테랑 주부의 지시에 따라 하라는 대로 척척 시도했다. 정말 밥솥으로 카스테라가 만들어질까 라는 의심의 끈을 놓지 않은 채 반신반의하면서 만들었는데 결과는 대성공이었다. 게다가 소금으로만 간을 했는데도 고소하게 맛있다.

"이럴수가… 음… 빵가게여, 당분간 안녕히~"

보리가 자랍니다

귀농학교 체험으로 농촌에 갔다가 잘 자란 흑보리 한 뿌리를 얻었다. 그 보리를 알알이 털어 말렸다가 다음해 화분에 심었더니 보기 좋게 쑥쑥 자라 키가 큰 보리가 되었다. 재미삼아 심었는데 이렇게나 훌륭한 보리쌀이라니.

올해 우리집 화분에는 보리가 자라고 있다.

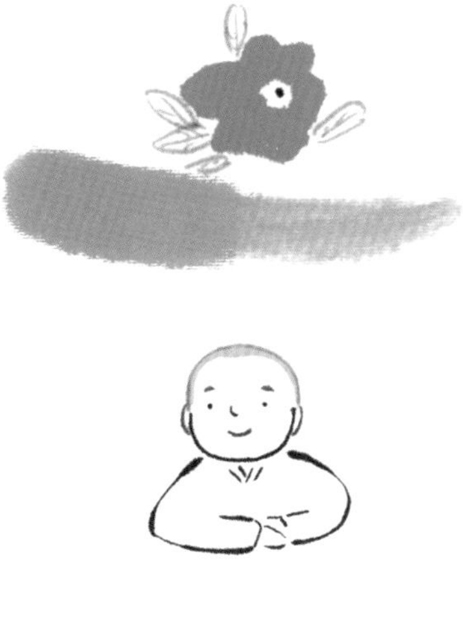

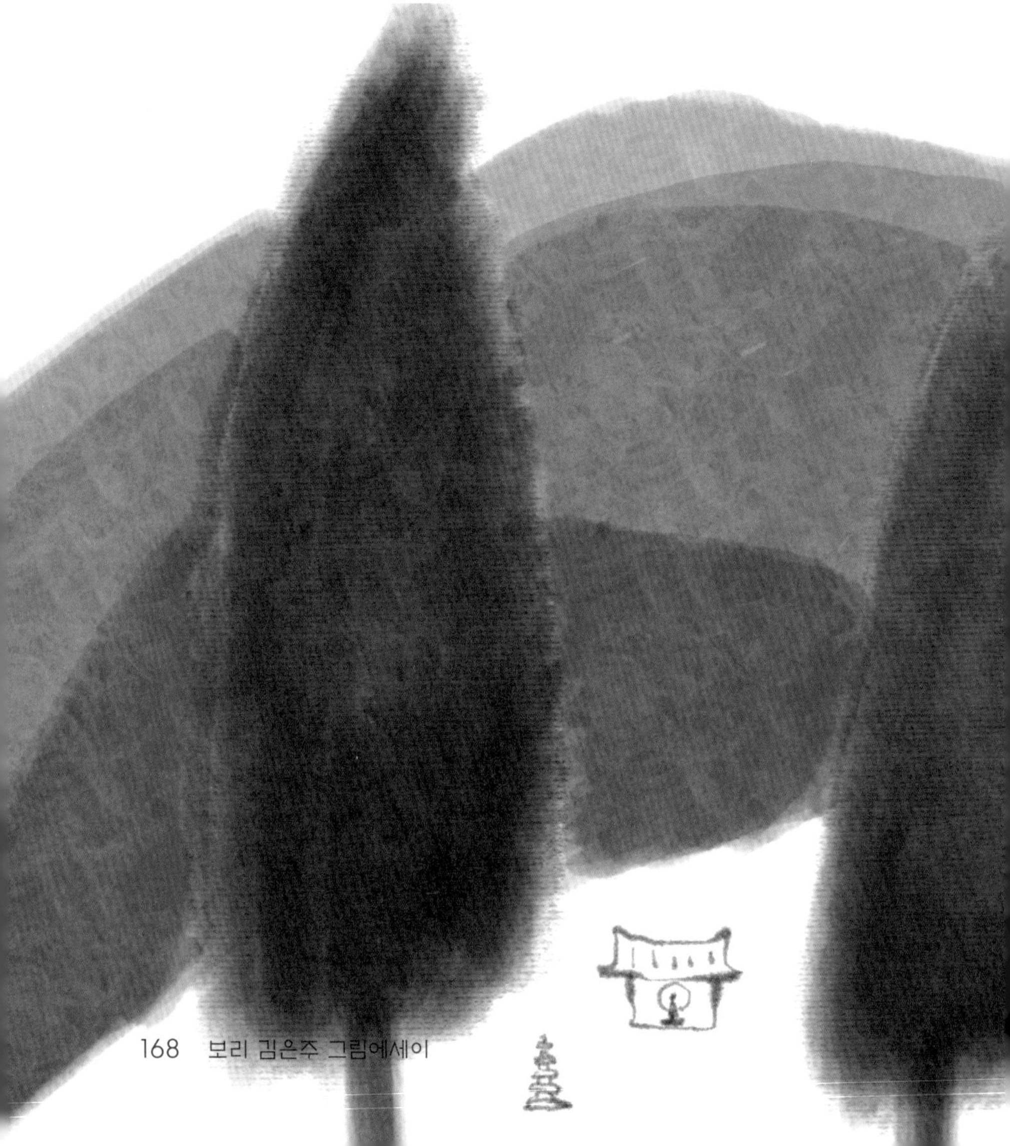

제비꽃

색은 보라색인데 가끔 흰색도 있다. 전봇대 아래, 담벼락 밑, 아스팔트 사이에 주로 산다. 빨리 걸으면 잘 못보고 지나칠 수 있다. 워낙 작은 꽃이라 유심히 봐야 한다. 생명력이 어찌나 강한지 곳곳에서 잘 자란다. 홀로 있기도 하고 무리지어 있기도 한다. 꽃은 언제 피고 지는지 정확히 알 수 없다. 봄에 잠시 보이는 것 같다.

이 꽃의 이름은 제비꽃이다.

김해 율하에 이승환 콘서트가 열리다

김해 서부문화센터 하늬홀, 우리집에서 걸어 5분 거리. 한 달 전에 예매하고 드디어 어제 10월 8일, 이승환 공연을 보고 왔다. 앞에서 두 번째 줄 좌석이었는데 무대와 좌석이 거의 붙어있는 거리라 이승환을 코앞에서 볼 수 있었다.

예전 들국화가 잠시 다시 뭉쳤을 때 부산 남천동 KBS에서 처음 공연이라는 것을 본 이후로 이번 이승환 콘서트가 내 생애 두 번째다.

그 옛날 내가 줄기차게 카세트테잎과 동그란 CD로만 듣던 노래를 직접 들을 수 있다니, 예매한 그날부터 한 달 동안 '기다리는 기쁨'의 날들을 보냈다.

물론 같이 갈 사람이 없어서 혼자 공연을 봤는데 나 말고도 혼자 온 사람들이 제법 있었다.

'두근두근…' 공연이 시작되고 살짝 실루엣을 반쯤 가리는 하얀 블라인드 뒤로 이승환이 걸어 나왔다. 그리고 나오자마자 연달아 주옥같은 노래들을 불렀는데 라디오에서 인터넷검색으로 찾아서 듣던 그 노래의 그 목소리하고 똑같았다. (당연한 말이겠지만~) 지금 이 순간이 꿈인지 현실인지 잠시 구분이 안 될 정도로 나는 공연에 순식간에 빠져들었고 그 노래들이 끝나자 이내 블라인드가 걷히고 이승환이 모습을 완전히 드러냈다.

'와! 티비에서 보던 모습이랑 똑같구나~'

(이것도 당연한 말이겠지만~)

2시간 동안 모든 에너지를 쏟아 부으며 노래를 불렀다. 나이가 들었지만 그때 그 시절의 목소리를 여전히 간직하고 있었다.

그리고 체력관리도 정말 열심히 한 사람이었다. 20대 못지않은 엄청난 체력과 에너지를 가지고 있는 듯 보였다. 일단 노래에 감동하고 체력 관리에 감탄했다.

공연이 끝나고 집으로 걸어오면서 도저히 오늘같이 감동을 한꺼번에 받은 날은 그냥 밍숭맹숭하게 잠들 수 없을 것 같아 편의점에 들러 맥주를 샀다. 나는 현관문을 열고 들어서자마자 남편에게 떠들기 시작했다.

"여보~ 이승환이 있잖아~ ~노래가 있잖아~ 그래서 말이야~~~"

"이승환이 마지막 멘트로 정말 진지하게 말했어. 우리 내년 공연에도 건강하게!!! 운동하고 건강유지 잘 해서 만나자."라고, 그 말이 어찌나 무겁게 와 닿던지. "나, 내일부터 운동한닷~!"

사람이 너무 한꺼번에 커다란 감동을 받으면 일단 감동이 자연스럽게 잦아들 때까지 내버려 두어야 한다. 나는 콘서트 관람 후 한동안 감동의 쓰나미 속에서 헤어나지 못했다.

싫다는 사람 없지요

있어도 있다고 말하면 손해를 볼 수 있다. 또 없어서 없다고 솔직하게 말하면 그것 또한 손해를 볼 수도 있고 난감한 상황이 벌어질 수도 있다. 열심히 그 뒤를 따르는 사람도 있고 넋놓고 가만히 앉아 굴러 들어오길 기다리는 사람도 있다.

있다고 말하는 사람에게도 더 불려주겠다고 사기꾼이 다가오고, 없다고 말하는 사람에게도 빨리, 쉽게 벌게 해주겠다고 사기꾼이 다가와 달콤한 악마의 속삭임을 하기도 한다. 만족하는 사람은 드물고 있어도 더 가지려고 한다.

요새는 눈으로 손으로 직접 만지지도 않고 보이지 않는 시스템 안에서 사람과 사람사이, 나라와 나라사이, 온 세계를 돌아다닌다.

싫다는 사람 없고 마다하는 사람 못 봤다. 남녀노소를 불문하고 모두가 좋아한다. 못하는게 없다. 불가능한 것도 없어 보인다. 그러나 간혹 건강과 생명, 질병이라는 것 앞에서는 천하무적의 힘을 발휘하지는 못하며 무기력함을 보이기도 한다. 잘 사용하면 박수받지만 잘못 사용하면 비난받는다.

지금은 개개인마다 불평등하게 분배된 것 같지만, 이 세상 하직할 때는 그 누구도 갖고 가지 못한다는 평등성이 있다.

또 사람마다 이것을 담는 그릇이라는게 있고, 그 그릇만큼만 받을 수 있다. 더 담고 싶어도 그릇이 작으면 더 담을 수 없다.

나는 이것을 '돈'이라 부른다.

dharma
bori

김해 장날입니다

내가 사는 곳은 5일마다 장이 열린다. 장날은 금방 만들어낸 따끈한 두부도 있고 갓 튀긴 도넛도 있고, 오리알만 파는 할머니도 있다.

이번에는 장날 구경을 갔다가 오디나무 한그루를 샀다. 설마 오디가 열리겠나 싶었는데, 오디나무는 우리집에 온 그해부터 열매를 맺기 시작했다.

오디는 처음엔 연두빛이었다가 그다음엔 붉은색으로 변했다가 마지막에 검은색으로 변하는 3단계의 색변화를 한다. 해마다 70~80알의 열매를 맺는데 올해도 어김없이 오디가 열렸다. 오디가 열리는 5월에는 아침마다 오디를 먹는 재미가 있다.

오늘 아침에도 잘 익은 오디를 몇알 먹었는데 시중에 파는 것보다 훨씬 달고 신선하다. 물만 주는데도 무럭무럭 잘 자라고 있다.

엄마와 딸

엄마와 딸은 목욕탕도 같이 가고 마트와 쇼핑도 같이하고, 맛집도 함께 간다. 친구처럼 가깝기도 하지만 때론 자질구레한 일로 갈등이 생기기도 하고 심리적으로 서로 마음의 문을 닫는 대치상황이 벌어지기도 한다.

아들만 셋인 집에서 자란 남편은 이런 풍경이 생소했을 것이다. 엄마와 투닥거리고 뾰루퉁 해졌다가도 집에 오면 후회가 밀려와서 바로 전화를 걸고 싶어지고 분명히 '잘해드려야지.'라고 마음먹는데 갈등상황이 되면 철없이 행동하는게 딸이기도 하다. 이 부분에서는 언제나 넓은 품으로 품어주는 엄마가 딸보다 한수 위다.

엄마와 딸의 관계는 좋았다가 나빴다가를 반복하는 '애증의 관계' 그 어디쯤에 서 있다.

엄마는 언제나 내게 이렇게 말한다.

"요즘 나오는 과일을 있나? 반찬은 뭐 있나? 차도 마시면서 쉬엄쉬엄 해라~"

이 우주에서 내 걱정을 가장 많이 해주는 사람은 바로 '엄마'다.

bori

건강을 챙길 나이

달라이라마는 이렇게 말했다.

"사람들은 돈을 벌기 위해 건강을 잃고, 건강을 잃으면 건강을 되찾기 위해 돈을 쓰며 병원에 간다."

건강을 챙겨야 한다는 걸 보니 건강은 그냥 주어지는 것이 아닌가 보다. 어렸을 땐 예외지만 나이가 들면 식습관과 운동을 통해 적극적으로 챙김을 해줘야 건강을 얻을 수 있다.

아무것도 안해도 건강한 사람이 있고, 몸에 좋다는건 다 먹는데도 건강하지 못한 사람도 있지만, 보편적으로는 식습관과 운동이라는 가장 단순한 원리를 따르는 사람이 건강함을 누릴 수 있다.

엄마의 손목

2021년 어느날, 저녁을 다 먹고 엄마에게 전화를 했는데 지금 병원이고 입원을 했으며 수술을 해야한다고 했다. 오늘 오전까지 별일 없었는데, 이게 무슨 일인가 싶었다.

집에서 쓰레기를 버리려 2층 계단을 내려오다가 마지막 계단에서 발이 꼬여 넘어지면서 땅에 손목을 짚었는데 손목이 뒤로 돌아가 골절이 되었다는 내용이었다. 일단 전화를 끊고 다음날 아침 무거운 마음으로 부산의 어느 종합병원으로 갔다.

침대에 누워 한쪽팔에는 두꺼운 깁스를 하고 또 다른 팔에는 링거를 하고 있었다. 넘어지면서 안경이 부러져 코와 입에 상처를 입어 피가 나고 퉁퉁 붓고 멍까지 들어 있었다. 그런 엄마의 모습을 보는 순간 왈칵, 눈물부터 쏟아졌다.

오늘 내일은 여러 가지 검사를 하고 팔에 붓기가 좀 빠지면 모레쯤 수술을 해야한다고 했다. 팔순이 가까워지는 연세다 보니 하루가 다르게 쇠약해지시는 것 같았는데 입원해 있는 모습을 보니 마음이 더욱 고통스러웠다.

며칠 뒤 엄마는 손목 수술을 했다. 수술은 1시간이라고 했는데 2시간이 지나도록 수술실에서 나오지 않아 나는 머릿속이 새하얗게 되었다. 걱정이 되어 물 한모금도 마실 수가 없었다.

그러다가 문득 '아, 내가 급성 맹장수술을 했을 때 병실 밖에서 엄마도 이런 심정이었겠구나. 아니, 지금의 나보다 더 많은 걱정을 하셨겠구나.'라는 생각을 했다.

벌써 손목 수술은 2년 전의 일이 되었다. 그 후 엄마는 이전과 같은 일상으로 회복되었다. 계단에서 넘어졌는데 손목 수술로 끝난 건 정말 다행이라고 생각한다.

SNS 인연

엄마는 3인실 병실에서 회복을 했는데, 한분은 비구니스님이었고 나머지 한분은 중년의 여성분이었다. 엄마는 슬슬 회복을 하시면서 병실 사람들과 이야기도 나누고 비구니스님한테 마음 다스리는 좋은 말씀도 듣고 나름 재미있게 하루를 보내고 계셨다. 과일이며 음료수도 나누어 드시며 이야기가 오가던 중 입원해 계시던 중년의 여성분이 엄마에게 이런 말을 했다.

"이 동영상 좀 보이소. 그림을 그려서 올리는 사람이 있는데 그림이 너무 마음에 들어요~"

"어디 보입시다~"

"이 사람이 매일 그림을 올리거든요~"

"어디서 많이 본 그림 같은데, 이름이 뭡니꺼?"

"보리김은주라고 되어있어요~"

"아이고~ 고마~ 내 딸내미 그림이네요~ 우리 딸내미가 보리김은주입니더. 아까 아침에 병실에 왔었던~"

"진짭니까~? 세상에~ 세상이 진짜 넓고도 좁네요~"

아무튼, 우연히 이런 일이 있었고, 다음날 나는 그 중년의 여성분께 《나는 가끔 절에 갑니다》 책 한권 갖다 드렸다.

그림을 구독해서 즐감하고 힐링도 하신다니, 나도 마음은 너무나 기뻤지만 평소 소심한 성격의 나로서는 그 이후부터 엄마 만나러 병원에 갈 때마다 어딘가로 숨고 싶었다. 부끄러워서. (웃음)

SNS로 연결된 스마트폰 세상은 이렇게 낯선 사람들끼리도 연결고리가 되어 또 다른 형태의 인연을 만들어 주고 있다. 엄마가 입원한 병실에서 내 그림 구독자를 만나게 될 줄이야.

나도 인스타, 유튜브 등을 하고는 있지만 공중전화, 삐삐, 손편지 쓰기 등 아날로그 세상에서 성장한 나로서는 아직도 이런 SNS의 세상이 신기하고 놀랍기만 하다. '와우~'

'수능합격'을 써주세요

어떤 분이 인스타그램 쪽지로 "수능에 어울리는 그림속에 학생이름을 넣어 수능합격"을 써줄 수 있냐고 문자가 왔다. 수능기간동안 본인 폰에 '프사'로 쓰고 싶다는 내용이었다. 그래서 흔쾌히 만들어 드렸는데 생각해보니 다른분들도 필요할 것 같아 나는 인스타에 이렇게 글을 썼다.

"학생이름이 써진 수능합격 그림을 받고 싶으신 분은 댓글 달아주세요."라고 했더니, 대략 300여명의 학생이름이 댓글로 쪽지로 연락이 왔다. 그래서 학생이름을 써서 보내드리는 작업을 하고 있는데 이런 댓글도 달렸다.

수시모집으로 합격을 하고자 하는 학생도 있으니, '수시모집합격'을 써달라길래 써서 올려드렸는데 또 다른 댓글이 달렸다. 어떤 분은 '중등임용시험합격'을, 또 다른분은 '초등임용시험합격'을, 또 다른분은 '유아임용시험합격'을, 또 다른분은 '직장내승진시험'을, 어떤분은 '사업번창발원문'을 써달라고 하셔서 모두 만들어 드렸다.

처음에는 단 한사람으로 시작되었으나 300여명으로 점점 넓혀져 나갔다. 내 인스타그램 구독자님들 중에 수능시험과 연관있는 분이 이렇게 많을 줄 몰랐는데 아무튼 나의 작은 손재주로 그분들에게 도움이 되었으면 좋겠다는 마음이다.

300여명의 학생이름을 쓰면서 그들이 모두 시험에서 좋은 성과가 있길 기도했는데 학생들이 어디에 사는지, 누구인지 모르지만 학생들 이름을 쓸때마다 뭔가 '소중함'같은 감정이 짧게 스치고 지나갔다. 공부한 성과를 이루어내는 것은 정말 중요한 순간이다. 고등학교를 졸업하면서 인생은 여러 갈래의 문으로 들어설 수 있는 기회가 생기기 때문이다.

오늘은 학생들 이름을 써서 예쁘게 만들어 쪽지로 다 보내드렸다. 모쪼록 모두 좋은 성과 있길, 언제나 건강하길, 하고자하는 일에 막힘이 없길, 그리고 순탄하고 행복한 꽃길만 걷길 바라는 마음이다.

달팽이랑 삽니다

로컬푸드 코너에서 깻잎을 샀다. 삼겹살을 구워 쌈을 싸먹을 요량으로. 싱크대에서 깻잎을 씻는데 깻잎에 콩보다 작은 무엇인가 붙어 있다. 그냥 세차게 털어내려다 "이게 뭐지?"하고 자세히 보니 새끼 손톱만큼이나 작고 콩의 반의반쪽밖에 되지 않는 '집달팽이'였다.

"세상에~ 이렇게 작은 집달팽이라니!" 그날부터 남편과 나는 유리로 만든 투명한 차주전자에 작은 돌을 깔고 그 속에 달팽이를 넣어 기르기 시작했다.

돋보기를 가져와 자세히 살펴보니 더듬이가 안테나처럼 요리조리 움직인다. 평소 징그럽게만 생각했던 달팽이가 어느새 귀엽게 느껴졌다.

한달째 열심히 아침저녁으로 청소를 해주며 키우는 중인데 아침에 일어나면 까만 깨보다 훨씬 작은 검은 점이 찻주전자 곳곳에 붙어 있다. 아마도 배설물인 듯싶다. 먹이로 깻잎을 조금 떼서 넣어주는데 깻잎에 구멍이 송송 나있다. 밤새 갉아 먹은 모양이다. 칼슘섭취를 위해 계란껍질도 넣었더니 오늘 아침에는 계란껍질 속에 들어가 조용히(?) 자고 있다. 우리집에는 남편, 나, 달팽이 3식구가 살고 있다.

다이어트, 살과의 전쟁중입니다

살을 빼는중이다. 과자, 빵, 라면, 맥주, 튀김, 당분이 들어간 음료, 가공식품을 완전히 끊은지 8개월이 지나고 운동을 병행하니 제법 내가 원하는 몸무게로 가고 있다.

결혼 전 입었던 청바지를 입어보니 그런데로 테가 난다. 한결 몸이 가벼운 건 당연한 거고 심리적으로 만족감도 상승하고 작업실에 오래 앉아있을 수 있는 지구력도 좋아지고 있다.

처음엔 매일 먹던 과자를 끊으니 금단현상으로 우울감에 기분이 바닥을 쳤지만 차츰 익숙해지니 요새는 과자에 대한 흥미자체가 슬슬 없어지고는 있다. 대신 병아리콩을 불려서 갈아 계란을 넣고 미니오븐에 구워 나만의 건강빵을 만들어 먹고, 튀김보다는 고등어 같은 생선을 자주 먹고 있다.

그렇지만 여전히 튀김옷에 튀겨져 적당히 짭쪼롬하고 달달한 맛의 치킨과 시원한 맥주는 아직도 너무 먹고 싶지만 인내를 발휘하며 다이어트의 일상을 보내고 있다. 오랜만에 만난 사람이 살빠졌다고 알아봐줄 때, 허리춤이 힘들게 닫히던 청바지가 헐렁하고 넉넉하게 닫힐 때 기쁨은 살 뺀 사람들만이 누리는 특별한 기쁨이다.

생각 같아서는 라면을 하나 끓여 신김치를 곁들이고 남은 라면국물에 찬밥까지 말아서 신나게 먹고 싶지만 오늘도 나는 '참을인'자 백만개 정도를 가슴에 새기며 다이어트 식단으로 식사를 할 생각이다.

어쨌거나 저쨌거나 배고프면 다 맛있으니 다이어트식단도 맛있게 먹어보련다.

좋다, 좋아

새벽은 아침이 밝아오기 직전이라 좋고, 아침은 어린아이 같은 햇살이라 좋고, 점심은 화창하게 기운 넘치는 햇살이라 좋고, 저녁은 담담한 듯 평화로운 해질녘이라 좋고, 밤은 반짝이는 별이 있고 폭신한 이불을 덮고 편안하게 잠을 잘 수 있어서 좋다.

dharma
관세음보살 관세음보살 관세음보살

수수한 사람, 수수한 마음

지나다가 카페에서 달콤한 음료를 두잔 담아 친구가 일하는 사무실에 불쑥 찾아간다.

나는 음료를 건네고 친구는 급하게 내게 줄 것들을 주섬주섬 챙긴다. 괜찮다고 해도 하루견과류며 종량제 쓰레기봉투까지 아낌없이 있는 것 없는 것 다 챙겨준다.

오고가는 음료와 오고가는 종량제봉투속에 우리의 마음이 담겼다.

초등학교 3학년 때 나의 옆자리 짝지(짝꿍)였던 그녀는 나의 오래된 친구다. 그녀와의 인연에 감사한다.

사주팔자, 그런거

그 옛날, 가난이 대한민국 전체를 덮고 있던 1960년대에 엄마의 사촌오빠가 서양화를 했다. 그리고 엄마의 남동생, 그러니까 나의 외삼촌도 서양화로 그림을 그렸다.

엄마 말에 의하면 외삼촌이 중학교 무렵부터 나무판자를 잘라 철사로 이리저리 엮어 화구박스를 만들어 그곳에 물감을 담아 그림을 그렸다고 한다. 외할아버지 눈에 그 화구박스가 보이면 어김없이 화구박스를 박살내셨다고 한다. 외삼촌은 박살난 화구박스를 고치고 또 고쳐서 수리했다고.

외할아버지는 “그림 그리면 밥 못먹고 살고 평생 가난하다.”며 외삼촌이 그림그리는 일에 가열차게 반대하셨다고 했다. 그러나 외삼촌은 끝내 평생 서양화를 하셨다.

나 역시 아버지에게 가장 많이 들은 말은 “그림으로 제대로 돈 벌고 못산다.”는 말이었다. 나는 아버지의 이 말이 너무 매정하게 들렸고 무엇인가 일을 시작하기도 전에 나의 의지를 꺾는 말처럼 들려 그런 말을 들을 때마다 계속 낭떠러지로 떨어지는 느낌이었다.

아버지는 내가 그림 외에 다른 일을 하도록 무던히도 애쓰셨고, 나도 나중에는 부딪히는 게 싫어 아버지 뜻에 따라 다른 일을 하려고 노력했지만 매번 그림 그리는 일로 돌아와 있었다.

그리고 '그림으로 제대로 돈 못벌고 산다'라는 아버지의 말씀은 나의 사기를 꺾기 위한 말도 아니었고 나를 이해하지 못한 말도 아니었다. 아버지의 그런 말씀은 부모로써 자식을 사랑하기 때문에 해주신 고마운 사랑의 또다른 표현이었다.

그리고 나는 여전히 그림을 그리고 있다. 그러고 보면 '사주팔자' 그런걸 완전히 무시하고 살 수 없는게 아닌가 라는 생각도 하게 된다.

뼈에 사무치는 감사함

걷지 못하고 누워만 있다. 말도 할 줄 모른다. 이도 없어 아무거나 먹지 못한다. 혼자 씻지도 못해 일일이 씻겨줘야 한다. 심지어 대소변도 가릴 줄 몰라 아무데나 그냥 누워서 볼일을 본다. 옷도 스스로 입을 줄 모른다. 잠잘 시간이 되어도 울고 보채서 얼르고 달래서 잠을 재워줘야 한다. 먹을 수 있는 것과 못먹는 것도 구분 못해 아무거나 입으로 가져간다.

누군가로부터 보살핌이 없다면 생명이 연장되는건 불가능한 일이다. 이렇게 거의 완전하게 아무것도 할 줄 모르는 한 생명체를 밤낮으로 보살핀다.

걷기 시작하면 다칠까 염려한다. 본인은 입고 싶은 옷도 못사고, 먹고 싶은 음식도 안 사먹고, 가고 싶은 여행도 못가면서 한푼 두푼 모은 귀한 돈으로 교육비를 지원해준다. 교육비뿐만이 아니다. 결혼자금의 목돈도 지원해준다.

그리고 사회 속에서 잘 살아갈 수 있도록 밤낮으로 걱정까지 해준다. 그 생명체가 잘 되기만을 바라며 조건 없는 사랑과 격려를 보내주신다.

다른 생명체에 비하면 이 생명체는 대략 20여년을 보호하고 도와주어야 사회에 나갈 수 있다. 무려 20년이라는 긴 세월동안 공을 들여 키워내야 한다. (사람마다 개인차는 있겠지만)

거의 완벽하게 아무것도 할 줄 모르는 생명을 보살펴준 그들은 위대하고 감사하다는 말로는 턱없이 부족한 사람, 아무런 조건과 아무런 댓가 없이 정신적으로 물질적으로 지원을 아끼지 않았던 사람, 그들은 바로 나의 어머니, 아버지다. 나의 부모님이다.

내가 아기였을 때 부모님이 나에게 바란건 오직 하나 '건강하게 자라는 것'이었듯 지금 연로하신 부모님께 내가 바라는건 오직 하나 '건강하신 것'.

나를 잉태하여 낳아주시고 힘든 가정형편에도 교육을 받도록 최선을 다해주시고 내가 이 세상에 존재하도록 해주신 분, '감사합니다. 사랑합니다. 건강하세요.'

더불어 이 세상의 모든 부모님들이 건강하게 생활하시길 기도합니다. "아미타불! 아미타불! 아미타불!"

불행은 불행이 아니다

직접 불행을 겪으면서 경험으로 얻은 지혜는 사는데 도움이 될 때가 많다. 결론적으로 행복에서보다 불행에서 배우는게 더 많다.

불행이라는 한 분야는 다른 분야에 도움을 준다. 그런면에서 본다면 불행은 살아가면서 겪는 고통을 가볍게 뛰어넘도록 하는 귀중한 토대다.

불행이 닥치면 우리 내면에서는 이 불행을 견뎌내고 생존하기 위해 온갖 아이디어를 짜내기도 한다.

행복을 붙잡아도 시간이 되면 사라지듯, 불행 또한 영원히 머무르지 않는다. 불행과 힘든 일은 나를 더 견고하게 만들고 좀더 현명하게 판단하도록 이끌어 준다.

비가 오면 대지의 초목들이 자라듯 불행은 내면적으로 나를 성장시킨다. 인생에서 고통과 불행은 피할 수 없는 부분이며 불행과 고통 속에는 반드시 반짝이는 보석을 감추고 있다.

그 사실을 알면 불행이 꼭 불행한 것만은 아니라고 생각하게 된다.

발원문

가내 길상 발원문

중생을 이롭게 하시는 부처님!

대한민국 ○○시(도) ○○구(군) ○○동(면) 에 거주하는 가족이 불법승 삼보에 귀의하며 간절하게 발원합니다.

바라옵건대, 저희 가족 건강함 속에서 부부는 화합하고 자녀는 학업에 전념하고 하는 일은 번창하여 뜻하는바 모두 이루게 하소서.

집안에서 울고 화내고 싸우고 소리치며 불평불만이 가득한 날보다 웃고 배려하고 사랑하고 행복이 가득한 날이 많게 하소서.

그리하여 가족으로 맺은 소중한 인연에 날마다 감사함 속에 살게 하소서.

불법승 삼보에 귀의하오며 거룩한 부처님께 발원합니다.

나무 석가모니불

나무 석가모니불

나무 시아본사 석가모니불

학업 성취 발원문

자비하신 부처님께 간절히 기도합니다.

대한민국 ○○시(도) ○○구(군) ○○동(면) 에 거주하는 ○○○ 학생이 건강하게 날마다 학업에 전념하여 ○○○ 학생이 원하는 학업 성취를 이루어 가는 곳마다 막힘이 없게 하소서.

그리하여 사회에 도움이 되고 희망이 되는 사람으로 성장하여 인간관계는 원만하고 복덕은 늘어나며 하는 일마다 순조롭게 하소서.

불법승 삼보에 귀의하오며 거룩한 부처님께 발원합니다.

나무 석가모니불

나무 석가모니불

나무 시아본사 석가모니불

취업 성취 발원문

대자대비로 모든 중생을 굽어 살펴주시고, 아니 계신 곳 없으신 부처님이시여!

대한민국 ○○시(도) ○○구(군) ○○동(면) 에 거주하는 ○○○이(가) 오랜시간 학업에 매진하였으며, 이제 그 성과를 이루고자 합니다. ○○○이(가) 하는 일마다 막힘이 없고 힘든 일이 있어도 결코 물러남이 없도록 하소서.

○○○이(가) 사회의 일꾼이 되어 하고자 하는 일을 할 수 있도록 취업 성취를 발원합니다. 일심으로 기도하며 합장합니다. 이 발원을 굽어살펴 주시옵소서.

불법승 삼보에 귀의하오며 거룩한 부처님께 발원합니다.

나무 석가모니불

나무 석가모니불

나무 시아본사 석가모니불

건강 발원문

시방삼세 부처님과 팔만사천 큰 법보와 보살성문 스님네께 지성 귀의하옵나니 자비하신 원력으로 굽어살펴 주시옵소서.

대한민국 ○○시(도) ○○구(군) ○○동(면) 에 거주하는 ○○○이(가) 업장을 소멸하고 건강을 회복하길 두손모아 합장하고 기도합니다.

○○○은(는) 그동안 힘든 세월 속에서도 가족을 위해 자녀를 위해 일하며 성실하게 살았습니다. 부디 굽어 살피시어 ○○○이(가) 건강을 회복하여 행복 속에서 살 수 있도록 간절하게 기도합니다.

세간의 큰 복밭이신 부처님이시여!

○○○이(가) 건강을 회복하게 하소서.

불법승 삼보에 귀의하오며 거룩한 부처님께 발원합니다.

나무 석가모니불

나무 석가모니불

나무 시아본사 석가모니불

반야심경

마하반야바라밀다심경관자재보살
행심반야바라밀다시 조견오온개공도일
체고액사리자색불이공 공불이색 색즉시공공
즉시색 수상행식역부여시사리자시제법
공상불생불멸불구부정 부증불감시고공중무색무수
상행식무안이비설신의무 색성향미촉법무안
계내지무의식계 무무명역무무명진 내지무노사
역무노사진 무고집멸도 무지역무득 이무소득고보리살타
의반야바라밀다고심무가애무가애고무유공포원리전도
몽상구경열반삼세제불의반야바라밀다고득아뇩다라
삼먁삼보리고지반야바라밀다시대신주시대명주시무
상주 시무등등주 능제일체고진실불허고설반
야바라밀다주 즉설주왈아제아제바
라아제바라승 아제모지사바하아제

아제바라아제 바라승아제모지사바
하아제아제 바라아제바라승아제모지사바하
bori 金

광명진언

맺음말

원래 이 책의 제목은 '오늘은 내 마음을 안아주기로 했다'였습니다. 그런데 글을 쓰고 그림을 그리면서 자연스럽게 책 제목이 '행복은 곳곳에'로 바뀌었습니다. 이유는 간단합니다. '행복은 곳곳에'라는 제목으로 그림을 인스타그램에 올렸는데 사람들 반응이 좋았습니다. 그래서 바꾸게 되었습니다.

그리고 1월쯤에 이 책이 세상에 나올 예정이었지만 이런저런 일들로 바빠서 지금에야 이 책이 나왔습니다. 글을 쓰고 그림을 그리는 과정은 행복하기도 했고 즐겁기도 했고 더러는 빨리 책을 만들고 싶다는 조급한 마음도 있었습니다.

오늘도 추운 작업실에서, 더운 작업실에서 누가 알아주든 말든 간에 자신이 원하는 방식대로 시간과 노력, 재료를 쏟아부으며 하얀 화선지에 그림을 그리고, 머리속으로 구상한 것들을 눈에 보이는 작품으로 창작을 하는 사람들에게 건강과 만족스런 날들이 함께 하길 바라고 바랍니다.

마지막장까지 이 책을 읽어주시고, 책을 구입해 주신 분들께 감사하다는 말씀을 드립니다.

그리고 인스타그램에서 댓글을 써주시는 분들, 쪽지를 주시는 분들 모두 감사드립니다. 일일이 답장은 못 드리고 있지만 항상 읽어보고 고맙게 생각하고 있습니다.

모든 분들, 하고자 하는 일에 막힘없이 모든 일 이루어내시길 바랍니다. 건강하세요.

불법승 삼보에 귀의합니다.
나무 석가모니불
나무 석가모니불
나무 시아본사 석가모니불

나무석가모니불
나무석가모니불
나무시아본사
석가모니불

안팎에 따로 있고
고요함과 번잡함이 따로 있는가
나와 너가 따로 있고
생사가 따로 있는가
앉으면 있고 누우면 없는가
큰 깨우침, 작은 깨우침 따로 있는가
있었다 없었다 하는가

실상을 보았으면
비로소 초의 심지를 세운 것이니
불을 밝히는 일만 남았다

확실하게 있지만 확실하게 없고
확실하게 없지만 확실하게 있다

보리심 합장

행복은 곳곳에

초판발행일 2023년 11월 10일
글그림 김은주
편집 최해룡
발행처 보리북
경남 김해시 율하2로 178
ISBN 979-11-978704-0-8 (03810)
값 15,000원